ラブ♥コレ 6th アニバーサリー

JN264466

バーバラ片桐
BARBARA KATAGIRI
奈良千春
CHIHARU NARA
沙野風結子
FUYUKO SANO
小山田あみ
AMI OYAMADA
夜光花
HANA YAKOU
高橋 悠
YOU TAKAHASHI

Lovers Label

CONTENTS

Expectation and Despair

光《ひかり》と闇《やみ》

Novel バーバラ片桐
BARBARA KATAGIRI

Illustration 奈良千春
CHIHARU NARA

「……っ、……ぁ……ッ」

たった一人で部屋に取り残された伊島亮輔《いとうりょうすけ》は、たっぷりと潤滑剤《じゅんかつざい》を塗《ぬ》りこんだ体内に押しこまれたローターに吐息を乱していた。

かつては精神病院の閉鎖病棟に使われていたという部屋のベッドに、全裸のまま拘束《こうそく》されている。庭に面した窓には太い鉄格子《てつごうし》がはまり、廊下側のドアは鋼鉄製の頑丈《がんじょう》なものだった。

ここは、亮輔の父の遺産である廃病院だ。

両手両足に巻きつけられた医療用の拘束具が、この甘い責め苦から亮輔を逃れられなくさせていた。手首の拘束具はベッドのヘッドにつながれ、足首のものは肩幅よりも少し開いた角度に、ベッドの足元の金具に固定されている。

所轄署《しょかつしょ》の二十七歳の若き刑事である亮輔をここに閉じこめたのは、この廃病院の同居人であり、誰よりも信頼しているはずの先輩刑事の野内健一《のうちけんいち》だ。そして、その健一の血のつながった弟である野内修次《のうちしゅうじ》だ。

亮輔の罪深《つみぶか》い身体を二人がかりで陵辱《りょうじょく》したばかりでなく、マフィア組織に潜入《せんにゅう》するためのエサとして香港《ホンコン》へ連れて行くらしい。そのために亮輔を調教し、なすがままになるペットとして飼い慣らす必要があるのだと言っていた。

だが、そんな理屈は亮輔には到底理解できるものではないし、納得できるものでもない。

「……っあ。……ッン、く……っ」

だが、絶え間ないローターの振動に、亮輔の頭は朦朧《もうろう》としていた。襞《ひだ》は充血して熱を帯び、中からあふれ出した潤滑剤が愛液のように足の間を伝っている。強弱が自動で切り替わるようになっていて、強くなった振動によって体内の快感《かいかん》を掻《か》き立てられると、亮輔はじっとしていられず、腰を揺らしてその感覚を散らさずにはいられなかった。

ごくあたりまえの社会人として暮らしてきた亮輔だから、いきなり拘束され、後孔に異物を入れられたときには、痛くて不快《ふかい》としか感じられなかった。なのに、そこを嬲《なぶ》られるたびに身体が慣らされ、今では何かを入れられただけでもぞくぞくとして、身体の芯《しん》まで火照《ほて》ってしまう。

いったい、自分の身体はどうなってしまったのだろうか。

——何で、……こんな、こと…に……。

亮輔の容姿は特に不細工《ぶさいく》でもなければ、ハンサムというほどでもない、平凡な顔立ちだ。見とれてしまうほどの極上の美形である健一や修次の兄弟と一緒にいるときに限って、ついでにイケメン扱《あつか》いされるのをささやかに嬉《うれ》しく思う程度のものでしかない。刑事という仕事柄、それなりに身体を鍛《きた》えてはいたが、仕事面でも敏腕《びんわん》というほどではなく、ひたすら健一に憧《あこが》れるばかりだったというのに、どうして男の身でこのような性的な辱《はずかし》めを受けることになっているのだろうか。

——だけど、こうされているのは、俺の身体のせい。

亮輔は生理的な涙にしっとりと濡《ぬ》れた目を、室内に向ける。

――罪深い、この身体のせい。

だからこそ、健一や修次はこの身体を辱め、踏みにじらずにはいられないのだろう。自分の身体がそのような罪を内包しているとは気づかずに、生きてきた。健一や修次に教えられなかったら、死ぬまで気づかないままだっただろう。

この身体の持ち主である限り、亮輔はその罪から逃れられない。与えられる辱めも何もかも、受け止めなければいけないような気さえする。自分から進んで選んだことではないとはいえ、二人が亮輔を恨《うら》むのは当然なのだから。

亮輔がいる病棟は、修次が以前から綺麗《きれい》に掃除して入り浸っていた一室だった。当時のままに残された院内のあちらこちらに放置されていたベッドやソファや、使えるものをいろいろここに運びこんで、綺麗にしたり、修繕《しゅうぜん》したらしい。

壁際には白い薬品棚が並び、ほうろうの白い洗面台も台に固定されて置かれていた。古い診療所風にコーディネイトされた部屋の窓からは、洗濯された白いカーテンが下げられている。レトロな雰囲気《ふんいき》のある室内だ。

どうにか理性を保ち続けようと努力しているのだが、亮輔の体内にあるローターから生み出される焦《じ》れったいような感覚に、いつしか意識が内側へと向かう。襞を小刻みに震《ふる》わすそれがもたらす快感と、健一と修次の兄弟が今までこの身体に施した陵辱《りょうじょく》と快感が蘇《よみがえ》って、それに囚《とら》われていく。

「ッン」

小さく喘《あえ》ぐ自分の声がやけに響《ひび》いた。

廃病院の敷地は広く、ここに住む亮輔と、同居人の健一。そして、その弟の修次ぐらいしか訪ねてくる者はいない。

ローターを入れられてから、どれくらいの時刻が経過しているのだろうか。ベッドに固定されている亮輔の位置からは壁の時計は見えず、カーテン越しに差しこむ陽光の明るさによって時の流れを把握《はあく》するしかない。

すでに陽は傾《かたむ》きかけているのか、カーテンがオレンジ色に染まりかけていた。

『今日は、どれだけ我慢できるかな』

亮輔の体内につぷっとローターを押しこんでいったときの、修次のからかうような声が思い出された。

修次は亮輔より六つ年下の医学生で、兄譲りの恵まれた長身の持ち主であり、眼鏡《めがね》をかけた顔は理知的に整っている。人あたりは柔らかだったが相手を翻弄《ほんろう》して煙《けむ》に巻《ま》くようなところがあり、にっこり微笑《ほほえ》んでいても頭の中では何を考えているのか、以前からよくわからないところがあった。

――あれから、何時間だ……？

この廃病院に監禁されてから、二週間が経過していた。

香港に乗りこむことが決まってからは、起きているときには体内に何も入れられていないときがないほど、ひたすら淫欲漬《いんよくづ》けにされている。犯されて気絶するように眠りに落ち、起きるなりローターを押しこまれるのだから、たまったものではない。

だが、それらの行為に急速に亮輔の身体は慣らされ、ローターにより感じるようになっていた。それに加えて放置される時間も長くなっているのだから、最初の頃よりずっと責めは過酷になっている。この蜜《みつ》のような甘い責め苦に慣らされ、自分が自分であることを忘れてしまいそうで怖かった。

出口の見えないこの日々に、身体だけではなく心までもが挫《くじ》けそうだ。

いったいあの兄弟に、自分はどこまで抵抗できるのだろうか。刑事としてのプライドも男としての意地もあるつもりだったが、刑事として誰よりも信頼していた先輩に裏切られ、心を許していた修次に踏みにじられたショックは大きい。

何よりこんなことをされて性的に昂《たか》ぶり、感じる自分が何よりの驚《おどろ》きだった。

だが、心とは裏腹に、腕を頭上で拘束されて反《そ》ったような形になっている胸部では小さな乳首が硬くしこり、痒《かゆ》くてたまらないほど尖《とが》っていた。性器も腹につきそうなほど硬くなり、とろとろと先端から蜜をあふれさせている。

長時間のとろ火で燻《いぶ》されるような責め苦に押し流され、蜜に濡れる尿道口がじゅくじゅくと痒くて、そこを誰かの手で擦《こす》りあげて欲しくてたまらない。

——もう、……どうにかしてくれ……。

そんな気持ちがあった。

修次は亮輔本人よりも、この身体をどうしたらより追い詰めることができるかを承知しているのかもしれない。前立腺《ぜんりつせん》をダイレクトに刺激する位置に押しこまれたローターは、亮輔がその単独の刺激だけで達することができるよりもほんの少し弱めに調整されていた。

だからこそ、流しこまれる喜悦の波に絶頂ギリギリまで追いこまれながらも、亮輔はあと少しのところで達することができない。容易《たやす》く快楽には押し流されまいとする亮輔の意地もあったが、そんな我慢まで修次は計算ずくかもしれない。

亮輔は焦れったさに喘ぎ、かすかに腰を振ることしかできない。ひたすら身体の内側の粘膜《ねんまく》をじゅくじゅくとむしばみ続ける性感に耐えながら、二人のうちのどちらかが来るのを待ちわびるしかない。

そうでなければ、このむごい責め苦は終わらない。

だが願いはかなえられることはなく、陽は沈み、少しずつ窓の外が暗くなっていった。

——早く、……誰か……！

おそらく、最初に姿を現すのは修次だろう。病気休養という形で仕事を強制的に休まされた亮輔とは違って、健一は刑事として勤務を続けており、夜遅くならないと帰宅しない。

亮輔は全身を耳にして、戻ってきた誰かがもたらす物音を待ちわびる。体内から漏《も》れるモーター音や、乱れた吐息ばかりが耳についた。修次がこの部屋にやってくる幻《まぼろし》の足音を、何度聞いたことだろうか。

「っふ、……っあ、あ……っ」

絶え間なく振動を送りこまれる襞が溶《と》けて火照り、蜜に濡れて勃起《ぼっき》しっぱなしの性器が痛みすら訴えてくる。早くそこを弄《いじ》って、射精させて欲しい。もどかしさに耐えかねて、襞がぎゅうぎゅうとローターを締めつける。乳首を何かで擦りつけたくてたまらなかった。

全身が汗にまみれ、時間の流れが把握できなくなる。忘我《ぼうが》の時間の果てに、どこかから声が聞こえてきた。

「ただいま、亮輔。いい子にして待ってた?」

ビクッと大きく、亮輔の身体が震えた。

今度こそこれは幻ではないと危ぶみながら、薄く目を開く。

全身は熱くてだるく、自分の身体ではないようだった。だが、その中心部でローターが今もなお、息が震えるような刺激をもたらしている。早くそれをどうにかして欲しくて、気ばかりが逸《はや》った。

「っ」

だが、言葉を発するよりも先に修次が手にした移動式の照明で、亮輔の裸体を照らし出した。

今日はいつものガス灯のようなオレンジ色の光ではなく、災害時に使うような大型の蛍光灯《けいこうとう》の白い光だ。それに身体を浮かび上がらされ、亮輔は今の自分の客観的な姿をようやく意識した。

「ひどいな、亮輔。おへそのあたり、あふれ出した先走りでべとべとじゃないか。それに、顔も涎《よだれ》と涙でひどいもんだね。そんなにも、ローターが美味《おい》しかった？」

修次が猫なで声で言うと、亮輔のいるベッドに屈《かが》みこんだ。

その端麗《たんれい》な表情が、光に浮かび上がる。

今時の医大生らしい恵まれた長身と、甘いマスクの持ち主だ。眼鏡の奥にある人あたりのいい切れ長の瞳は、すっと細められると驚くほど残酷《ざんこく》に見えることもあるのだと、亮輔はここに閉じこめられてから初めて知った。

それまではひたすらにこやかで、会うたびにお土産まで渡されていたのだ。どこか他人行儀なものを感じることはあったものの、ここまでの悪意を抱かれていたなどとは知るはずもなかった。

修次はその目で亮輔の裸体を睨《ね》め回し、嘲《あざけ》るような笑みを浮かべた。

「足の間もぐしゃぐしゃだね。お漏らししたみたいになってる」

修次は開かれたまま固定された太腿《ふともも》の間に手を伸ばし、外に出ているローターのコード部分をつかんで、ゆっくりと引っ張った。

長時間の責めにコントロールを失った身体は、反射的にローターを逃がすまいと締めつけた。

「ッ、……あっ、ン…っ」

引っ張られるたびにそれに抵抗する襞との間で、全身が鳥肌立つような刺激が生み出される。強引に抜き出すようなことはせず、修次はクスクスと笑った。

「抜かれたくない？　そんなにもローターが気にいったのかな」

引っ張られるたびに思わぬ衝撃が不規則に生み出され、ぞくっと身体の芯が灼《や》ける。

中にどうしても力が入らなくなった頃に、修次は焦れったいほどゆっくりとした動きでローターを抜き取った。その感覚が、嫌というほど身体に送りこまれる。

ようやく中に何もなくなって、亮輔は大きく呼吸を繰り返す。だが、これで楽になったとは言い切れない。むしろ刺激を失った粘膜が、このままでは治まらないとばかりにひくついていた。

身体の芯も昂ぶったままだ。このまま修次が許してくれるはずがないということは、今までの経験で知っていた。

修次は亮輔の表情を一瞥《いちべつ》してから、足の奥に手を伸ばしてくる。中に押しこまれてくる指の感触に、すくみ上がった。

「っ！　……っ触ん……な……っ！」

「こんなにもぐしゃぐしゃにしておいて、触るなも何もないもんだと思わない？　すごいね。ものすごく熱い。中を疼《うず》かせながら、俺に犯されたときのことを想像してみた……？」

「っく……ッ！」

修次が根元まで指を突っこんで、中の潤滑剤を掻き出すように動かした。機械的なローターの動きとは違って、指の動きはことさら性感を掻き立て、むさぼるように襞がそれを締めつける。その襞の要求にたっぷり応えるように指を使ってから、修次はくすくすと笑った。

「だいぶ開いてきたね。ローターの次には何を入れようか」

――次……？

段階があるなんて思っていなかった亮輔は、大きく目を見張った。

冗談ではない。ローターで辱められるだけでもまっぴらだというのに、それ以上のものを入れられるわけにはいかない。

だが、修次は床に置いてあった袋をベッドの上に引き上げると、その中身をシーツの上に広げた。潤滑剤とともに、何本かバイブが出てくる。

グロテスクな形をしたそれを並べながら、修次は亮輔の表情を興味深そうに眺《なが》めた。

「どうだろう？　そろそろ、これくらいのものなら美味しくくわえこめると思わない？」

なまじ冗談とは思えない修次の強引な声の響きに、亮輔はすくみ上がった。

修次は中くらいの大きさのものを手に取り、亮輔の顔に突きつけた。

「これぐらいがいいかな。もっと大きいのがいい？　これじゃ、物足りない？」

頬《ほお》に押しつけられたシリコンの硬さと弾力が、いまだに疼く体内の襞にぞくりとした痺《しび》れを走らせる。中は熱く溶け、どんな刺激でも加えて欲しくてたまらなかったが、ローターのみならずバイブを入れられるなど屈辱《くつじょく》としか思えなかった。

「どれも……、……断る……っ」

亮輔は逃げられないのを察しながらも、どうにか腰を逃がそうとする。だが、ささやかな亮輔の抵抗は逆に修次を煽《あお》ったらしく、彼は笑ってさらに一回り大きなバイブを手にした。

「だったら、こっちか？」

眼鏡の奥の瞳は、凶暴で冷ややかな光を放っていた。

逆らっても、いい結果にはならない。むしろ修次を刺激して、前よりもひどい事態に陥《おちい》るだけだ。

それがわかっていながらも素直に従うことはできず、亮輔は修次を見据《みす》えて怒鳴《どな》った。

「やめ…ろ……！　ふざけんな、……っ修次！」

かつてなく乱暴に怒鳴りつけても、修次は怯《ひる》む様子を見せなかった。

無言でバイブを手から離すと、そこにあった一番大きなバイブを手にする。

「だったら、これか」

その冷酷な声の響きに、亮輔は鳥肌だった。

その手につかまれているのは、修次や健一の生身のものに匹敵する大きさのものだ。

彼らに犯されたときの圧迫感と充溢感《じゅういつかん》とともに、苦痛と悦楽が蘇って亮輔は震えた。

「そんな……っの、……無理……」

「無理ってほどじゃない。いつでも、亮輔は兄さんのも俺のもどうにか呑《の》みこんで、美味しそうに腰を振ってるだろう。——それに、聞き分けのない犬には少しばかり痛い目を見せて、俺の命令に服従するように躾《しつ》けておかないとね」

人間として見ていないような修次の言葉が、骨身に応えた。

かつての日々はもう戻らない。

修次にとって自分は憎い敵でしかなく、この先、心を触れあわせることはない。修次が自分に求めているのは犬のような服従でしかなく、そうすることで自分を侮辱して踏みにじりたいだけだ。

胸が痛くなる。

健一に憧れ、刑事として認められたいと願い、その弟の修次ともうまくやっているとたわいもなく信じこんでいた。彼らの心の奥底の復讐心《ふくしゅうしん》に気づくことなく、この仲のいい兄弟の間に混ぜてもらえたように誤解して、浮かれていたことを思うと、いたたまれなくなる。

修次は亮輔の腰の下に枕《まくら》を敷きこみ、つかんだ大きなバイブに避妊具《ひにんぐ》をかぶせて、たっぷり潤滑剤を塗りこんだ。

それから、亮輔の熱く潤《うる》んだ狭間《はざま》に押しつけてくる。

「っく！」

入口に押しつけられたシリコンの弾力に怯えて、括約筋《かつやくきん》に力がこもる。だが、同時にそこから痺れるような感覚が沸き上がった。

——嫌、だ……っ！

そう思う気持ちは確かにある。だが、身体が熱に流され、後孔がひくりと蠢《うごめ》いてバイブの先端にからみついた。

修次がそれの動きに気づいたのか、からかうように眼鏡を押し上げた。

「欲しがってる。深呼吸して、身体から力を抜いてみなよ」

「誰、…が……っ！」

「強情張《ごうじょうは》っても無駄《むだ》だよ。本当はこういうの、嫌いじゃないくせに。素直になりなよ」

修次はベッドの横に放置されていた別のローターを手に取ると、その電源を入れる。ウィンウィンとうなりを発するそれを、亮輔の乳首に押し当てた。

「つぁああ……っ！」

途端《とたん》に痺れるような快感が、その小さな一点から全身に広がり、括約筋の締めつける力が抜けた。そのタイミングを見計らっていたように、ずるっとバイブの先端が体内に押しこまれる。

「ッ……っぁああ……っ！」

焦ってそれを押しだそうと下腹に力を入れたが、すでに遅かった。体内を割り開くものの存在感は圧倒的で、ローターで乳首を転がされるたびに、その蕩《とろ》けるような快感にどうしても力を保つことができない。

「つぁ、……っあ、ん、ん……っ」

中を押し広げる容赦《ようしゃ》のない弾力と、敏感《びんかん》に尖《とが》りきった乳首に与えられる甘ったるい刺激に、亮輔の身体はどんどん開かれていく。疼く襞を強引にこすりあげられるたまらない快感と、固く鬱血《うっけつ》していた乳首に与えられる刺激に逆らうことは不可能だった。

「…やめ……ろ……っ」

すでに押しとどめることができないほど半ばまで入れられているのを感じながら、亮輔は涙に濡れた目で修次をにらみつけた。

だが、乳首にはローターが医療用のテープで固定される。右だけではなく、反対側にまでもう一つローターを押しつけられ、乳首が千切れそうなほどの強い振動をその二ヶ所に送りこまれて、亮輔は切れ切れの悲鳴を漏らすしかない。

なすすべもなく下肢からさらに力が抜け、その奥に凄《すさ》まじい大きさのバイブがとどめとばかりに押し沈められた。

「っ！　……ッ、く、……っあぁ……っ」

大きなものをくわえこまされた襞は皺《しわ》一つないほどに、隙間《すきま》もなく引き伸ばされる。

呼吸するたびにその大きさを思い知らされ、浅くしか息ができない。

「つぁ、……っあ、あ……っ」

入れられたバイブのあまりの大きさと圧迫感に、身じろぎすらもままならなかった。ただそれを体内に収めているだけで精一杯だというのに、修次はそれのスイッチを入れた。

「っぁ！」

途端に張りついた襞の隅々に、疼くような振動が送りこまれた。

「ッン……っあ……」

直接内臓のほうまで、その振動が伝わる。亮輔はその絶望的な感覚に歯を食いしばり、逆らおうと身体に力をこめた。

だが、広げられすぎて襞に力をこめることができない。ただ襞がたまらなく疼き、そこが熱くなって乳首が尖る。その乳首もローターで刺激され、ただ否応《いやおう》なしに身体に送りこまれる快感に耐えることしかできない。プライドも何もかも打ち砕《くだ》かれていく。

「っぁあ……っあ、……っああ……っ」

抵抗する意思はたちまちのうちに押し流され、ガクガクと腰が揺れた。与えられる快感は慣れない亮輔には受け流すことができないほど強烈すぎて、まともに何も考えることができない。

「っん、……っん、……ン」

「悦《よ》さそうだね。このままの状態で、どれだけイけるか試してみようか」

くすくす笑いながら、修次が手にしたバイブのリモコンを切り換えた。その途端、襞がねじれるような衝撃が襲《おそ》いかかり、亮輔は息を呑まずにはいられなかった。

――何……？

　再び、中でぐりっとねじれる感覚があって、ひくっとそこに力がこもる。強烈すぎる感覚を押しとどめようと必死だった。

　それでも、力を入れ続けていることができない。力を緩《ゆる》めた途端、またそれが蠢いて、男性器を模した先端のほうが残酷に奥のほうの襞をこすりあげた。

「っは、ぐ、……っ…あ…っ！」

　電撃のような快感に、目が眩《くら》みそうになる。

　振動するだけではなく、幹《みき》がくねり、先端が頭を振るような複雑な動きを行っているらしい。大きなもので中を掻き回されるたびに、亮輔はそのあり得ない感覚に濡れた息を漏らさずにはいられなかった。

　耐えがたい快感に身をよじりながら、亮輔は哀願《あいがん》した。

「抜いて……くれ…っ、…頼む…、っあ……っ」

　だが、修次は亮輔の中から抜き出せないように元の位置に押し戻しながら、甘く笑った。

「ダメ。まだ、始まったばかりだ。このまま何回イけるか、毎晩、これで計測してみようか」

　――そ…んな……っ！

　修次の宣言とともに、中のバイブがさらに強いものに切り替わった。

　力強く先端が、亮輔の襞を奥のほうから掻き回してくる。いくら中に力をこめても、今度は動きを止めることができなくなった。襞に力が加わったことで刺激をより強く与えられることになり、えぐられるたびに耐えられないほどの悦楽に腰が跳《は》ねる。

「っあ……っ、ん、ん……っ」

電動がすごく、先端が動くたびに感じるところをかすめられて、亮輔はその鮮烈な快感に身体を耐えず反応させずにはいられなかった。

こんなもので掻き回されて、感じている姿を誰にも見られたくない。だが、修次の眼差《まなざ》しはじっと亮輔に据えられ、その醜態《しゅうたい》を余《あま》すところなく見守っている。

その存在に炙《あぶ》られて、ただでさえ長時間ローターで嬲《なぶ》られ絶頂寸前だった亮輔は、呆気《あっけ》なく絶頂に達した。

「っぁああ……っあ、あ……」

下肢が揺れ、たまりきった白濁《はくだく》が飛び散って自分の腹や腿を汚す。何もかも呑みこむような射精の狂おしい衝動に、亮輔のきつく閉じたまなじりから涙があふれた。

だが、射精の衝動が去っても修次は中のスイッチを切ってくれない。

「っや、……っあ、……ッン、ン、ん……」

絶頂直後の敏感になりすぎた襞を掻き回されるのは、狂おしいばかりの切ない痛みと悦楽《えつらく》を引き起こす。哀願する言葉すらまともに綴《つづ》れないほど、ぐちゃぐちゃに掻き回される。

乳首も射精したことによってより尖りきったのか、刺激を与えられるたびに乳腺《にゅうせん》の奥のほうまでずきずきと痛み混じりの快感が走るようになった。

立て続けに新たな次の絶頂に向かって、身体が暴走し始めている。

「ん、く……っ！」

全身がのけぞるのと同時に、新たに精を吐き出す。

まだこのようなことに慣れない亮輔にとっては、あまりにも残酷な調教だった。

＊＊＊

亮輔の身体は全身から吹き出した汗《あせ》でしっとりと濡れ、桜色に染まっていた。

まともに閉じることができなくなった口からは唾液《だえき》があふれ、涙とあいまって顔面はぐちゃぐちゃだ。下半身は何度も吐き出した精液で汚れていた。なのに身体は治まらず、次の絶頂に向けて機械的に昂ぶらされていく。

――嫌、…だ……。

いつまでこれが続くのかと、亮輔は絶望に駆られながら考える。

時間の経過はまともにわからなかったが、修次はそんな亮輔を楽しげに見守っている。

もうイきたくないというのに、身体が芯から溶け落ち、刺激されるたびに中が疼いて、物欲しげにバイブを締めつけてしまう。最初の頃には何度か元の位置まで修次に押しこまれたが、今は何かストッパーでも噛《か》まされているのか、どんなに腰を振ってもバイブは中から抜けることなく、疲れも知らずにひたすら亮輔の性感を掻き乱す。

「……っん」

――先輩……。

亮輔は朦朧《もうろう》とした頭の中で、いつしか兄の健一のことを思い描いていた。

健一は前回、亮輔を抱いた後に、修次に内緒で囁《ささや》いてくれた。

『おまえは俺が守る』

敵の本拠地に潜りこむために亮輔が必要だから連れて行くが、隙を見て逃がしてくれると言ってくれた。だが、自分と健一との絆《きずな》よりも、修次との兄弟の絆のほうをより強く感じる。犯され、監禁し続けている最中《さなか》に、その犯人の一人の言葉などあてになるものかと、普通の状態なら突っぱねていただろう。

――だけど、……先輩の言うことだから。

誰よりも憧れていた相手だった。男らしく、刑事としての正義感を漂《ただよ》わせている、頼りになる先輩だった。いつか肩を並べられる相棒になれればいいと、ずっと願ってきた。

だが、修次が元の修次ではないように、健一も純粋に憧れていた先輩ではない。秘密を明かされ、自分は健一にとっては憎《にく》い敵であることが明らかになっているのだ。

――信じるのは……バカげてる。……なのに……。

それでも信じたいというのは、愚《おろ》かなことでしかないと理性的な判断はできるはずだった。

健一に初めて犯されたときのショックが、いまだに亮輔のどこかに消えない傷となって残っている。だが、健一との記憶を一つ一つ思い出し、本当はこんなことをしたくないはずだと考えることでしか、この地獄《じごく》を耐え抜く術はなかった。この建物の雨漏りの補修をしてくれたり、一緒にカレーを作ったりした。署内の誰もが憧れる健一と合宿めいた同居生活を送れることが、嬉しくてたまらなかった。

——……せん……ぱ……い……っ。

亮輔は言葉に出さず、唇《くちびる》だけでその言葉を綴る。

修次に気づかれるはずはないと思っていたのに、いきなり足の間のバイブを抜き取られ、その喪失感《そうしつかん》に喘ぐ間もなく、元の位置まで押し戻された。

「ッン！」

その腰の奥まで響く鈍い衝撃に、亮輔は息を詰めた。

修次はゆっくりとバイブを操り、溶けきった亮輔の体内を掻き回しながら言った。

「すごい、ぐちゃぐちゃ……」

今まで与えられていた蠢くような横回転とは違い、修次によって抜き差しされる縦の動きは驚くほどの悦楽を呼び起こした。

「あ、……っ、あ、……ッ、ア……！」

ずっと刺激されていたところとは違う部分を無造作《むぞうさ》に擦り立てられ、ずっとあった疼きがその一瞬だけ鎮《しず》まり、快感が流しこまれる。その感覚に溺《おぼ》れていく。

「入れたときにはギチギチにきつかったのにね。もう中、ぐちゃぐちゃに緩んでる」

修次がようやくバイブを完全に抜き出し、足の間に視線を向けた。

見られていると意識すればするほど、閉じきれない括約筋のあたりに嫌というほど意識が集中する。熱を宿した襞がたまらない疼きを引き起こす。もう嫌というほど射精したはずなのに、新たな絶頂にたどり着くまで、身体が治まりそうもなかった。

「ここに、どうして欲しい？」

亮輔の欲望を見透かしたように、修次が囁く。長時間、残酷な責めにさらされ続けた心と身体はすでに限界に陥っていた。

「れて……くだ……さ……」

淫《みだ》らなことをさんざん言わされている。修次は身体だけでなく、心までも踏みにじるために、ことさら亮輔に言葉でねだらせたがる。

「何？　聞こえない」

見上げた修次は、ことさら楽しげな表情をしていた。修次が満足するようにふるまわなければ、この疼きを癒《いや》すことはできないことを、この二週間の間に嫌というほど身体に教えこまれている。

修次が望む言葉とふるまいを頭に思い描いただけで、その淫猥《いんわい》さに襞がぞくりと震えた。

「っ、……くだ……さい……っ。中に」

　バイブで嬲っただけで、修次は終わらせてくれない。最後には、その熱いものでたっぷり中を擦られないと、寝かせてくれることはないのだ。

　それがわかっていながらも、自らねだるほどに堕ちてしまった自分を思うと、涙があふれた。何をされても超然としていたい。負けたくない。なのに、亮輔が意地を張ろうとしても、修次はより残酷になるから、どこかで屈するしかないのだ。

　亮輔の言葉に、修次はクスクスと笑った。

「だったら、くわえる？　上手にできたら、俺のそれを入れてあげるよ」

　修次がベッドに座り、亮輔の腕の拘束を片方だけ外して、ペットをあやすように亮輔の頭を腿に乗せてきた。頭を股間に導かれる。

　亮輔は修次とは視線を合わせないまま、唾液でぐしゃぐしゃになった唇を修次が望む位置に埋《うず》めていくしかなかった。

「……っぁあ、……っは、……あ、……っん……」

　自由にならない腕を使うことすらもどかしく、修次のジッパーを口にくわえて下ろす。その下にある肉塊に鼻面を擦りつける。

　その熱を孕《はら》んだ弾力を感じ取っただけで、ぞくりと身体が疼いた。他のことなど何も考えられないほど、切迫した肉欲に押し流されていく。

「……ん、く、……っふ、……ん、ん……」

下着を下ろすのを少しだけ修次に手伝ってもらい、飛び出してきた性器に舌を這《は》わせた。

同性のものを口にする嫌悪感は頭のどこかにあるはずなのに、その抵抗感すらひりつくような欲望に呑みこまれていく。

舌を這わすたびに修次のものがみるみる大きくなっていくのを、直接口で感じ取っていた。早くそれが大きくなればなるだけ、この餓《う》えを癒せる時がやってくるのだと思うと気ばかりが逸る。

そのとき、ドアのところで硬質な物音が聞こえた。亮輔は嫌な予感を覚えて、その方向に顔を向けようとする。だが、修次が腕を伸ばして亮輔の顎《あご》を固定し、喉《のど》の奥までぐっと呑みこませた。

頭上で、修次の声が響いた。

「ああ。……兄さん。帰ってきたんだ？」

その声に、亮輔は凍《こお》りつく。自分が修次のものをしゃぶっているこんな最悪なタイミングで現れるなんて思わなかった。冷水を浴びせられたように全身が震えたが、身体の芯の熱はむしろそれによって煽られたように燃え広がった。

だけど、たまらなく屈辱で、早くこの場から立ち去って欲しいと願わずにはいられない。

だが、鋼鉄製のドアが閉じられ、健一がベッドに近づいてくる足音が聞こえた。見ないでくれという望みも空《むな》しく、火照った全身に健一の視線が浴びせかけられた気がして、身体がすくみ上がる。

——見る……な……。


どれだけひどい姿をしているのかは、自分でもわかっていた。下腹から足の間が、吐き出した精液や潤滑剤でべたべただ。しかも、乳首にはまだローターが付けっぱなしだった。

どれだけ自分の乳首が感じやすいのか、健一にまで知られている。


「また亮輔で遊んでいるのか」

健一がため息とともに、すぐそばの椅子《いす》に腰かけたのがわかった。

チラリと視線を向けると、戻ったばかりなのか、見慣れたスーツ姿だ。

亮輔が所属している署の多くの婦警の心をときめかせる男らしく端整《たんせい》な顔立ちに、肩幅の広い筋肉質の体つき。おそらくはノーマルに違いない健一に視線を向けられただけで、亮輔は今の自分の姿を恥じ入らずにはいられなかった。

「だって、亮輔からねだられたんだから、仕方がない。中が疼いて寂しくてたまらないから、俺のをぶちこんで欲しいってさ。それで、今、くわえてるところ」

修次は健一にそう説明しながら、自分から腰を動かして亮輔の口を犯した。

違うと否定しようにも、その説明はある程度までは正しかったし、こんなふうにされては言葉など発せるはずがない。

健一の視線から逃れるために、亮輔は修次の下腹に顔を埋めた。喉深くまでえぐられるたびに表情が大きく歪《ゆが》み、唇の端から唾液があふれた。

「つぐ……っふ、……ッン……っ」

「淫らで、好きものな犬に育ったよ。亮輔、兄さんが帰宅したから、そっちにおねだりしてもいいかもね。どうして欲しいのか、態度で示してみなよ」

そのように命じられても、亮輔にはどうしていいのかわからない。何かよからぬ企《たくら》みが修次にあるのはわかっていたが、具体的にどうふるまうべきなのだろうか。

だが、修次はそんな状態の亮輔でも理解できるように、口を犯しながら腕の拘束具を外していった。

「亮輔のお尻に、兄さんのを入れて欲しいんだろ？　だけど、そのままでは兄さんもその気にならないだろうから、どれだけ亮輔のそこがひくひくになって、濡れて欲しがっているのか、兄さんに見せないとね」

修次は亮輔の下半身に腕を伸ばし、足首の拘束具を外して亮輔の身体をうつ伏せの膝立ちに引き起こした。拘束具が外されて手足が自由になっても、長時間嬲られ続けた身体はまともに動かせない。操られるがままに、亮輔は獣《けもの》のポーズを取らされる。

「つぐ！」

ちくちくと、足の間を突き刺すような健一の視線を意識した。

「お尻をもっと上げてみなよ、亮輔」

修次が囁きながら亮輔の胸部のローターを固定しているテープを外し、その下で固く尖っている乳首に指を伸ばす。過敏になりすぎた粒《つぶ》を指で擦られるだけで、うめきを漏らしたいほどの悦楽が駆け抜けた。同時に口の中を逞《たくま》しい肉塊で顎が外れてしまいそうなほど突き上げられて、息が止まった。

「っぐ、…ふ……っ」

「そう、できたね」

亮輔は顔を修次の股間に埋めたまま、健一に向けて腰を高く掲《かか》げ、獣のように交尾をせがむような姿にされていた。中はまだ閉じきっておらず、腹につくほど反《そ》り返《かえ》った亮輔の先端からは濡れた液体があふれているだろう。

あまりの恥ずかしさに、顔から火が出そうだ。だがそれでも十分ではなかったらしく、冷ややかに修次が口を開いた。

「ちゃんと出し入れして欲しいところを広げて、兄さんに見せてあげたら？　せっかく、手も自由にしたんだし」

「……っ」

嫌だと叫ぶ心と、早くそこをどうにかして欲しいとねだる身体との狭間で、胸が潰《つぶ》れそうだ。

健一に対する複雑な思いがあった。

亮輔を守ると健一は約束してくれたが、それは二人の間だけの密約だ。だから、修次の前では健一は本心を押し隠し、修次と同じように亮輔を憎んでいるようにふるまう。

それがわかっていながらも、亮輔は胸の痛みを抑えきれない。

亮輔は修次に命じられるまま、足の間に両手を伸ばした。尻の間を押し広げるように、ぐっと押し開く。そこはすごくぬるぬるして、指が滑《すべ》った。

「ここに、…入れ…て……くだ…さい……」

舌がもつれて、耳までカッと赤く染まった。修次相手には比較的容易にねだれるようになっていたが、さすがに健一相手には抵抗が大きい。

指でくぷっと開いた部分に意識が集中し、そこに蓄積されていた疼きがちくちくと亮輔の意識をむしばむ。ガクガクと腿が震え、泣き出しそうになる。

長く感じられる時間が過ぎた後に、健一がベッドに上がってくるのがわかった。

ぐっと尻の片方をつかんで開かれ、襞が引きつるような感覚と共に、息を呑むほどの大きさのものが、中を押し広げながら強引に突きこまれてきた。

「っひ！　っぁあ……っ！」

健一のものが、いつそんな大きさになっていたのかと驚く。

すごく固くて熱いその圧倒的な形を感じ取ると同時に、腰が砕けそうな快感がそこから広がっていった。

たっぷり注ぎこまれた潤滑剤のために痛みはほとんど感じられず、深くまで一息に押しこまれる。その衝撃にのけぞると、喉の奥で修次のものがえぐられた。

「っん、……っん、ふ、う…っ」

柔らかく受け止めた襞の様子から、健一は加減する必要を感じなかったらしい。いきなり激しく奥まで突き上げられた。

腰骨をつかんで逃げられないように固定されながら、深い部分まで余すところなく逞しい肉棒でえぐり立てられる。その固いものでこすりあげられた襞全体から、どうにかなりそうなほどの快感が広がった。

だが、声も漏らすことができないほど、亮輔の唇は修次のもので塞《ふさ》がれている。

熱くねっとりとからみつく襞の締めつけに逆らうように、健一は体重を乗せて深くまで突き上げてきた。

「ツン、……っく、ぅ……っ」

それと同時に、修次のものが口腔《こうこう》を占領し、深くまで押しこまれては抜かれていく。

身体の敏感な二ヶ所の粘膜を大きな二つの肉塊で占領され、動かされるたびにこみ上げてくる悦楽と屈辱に、亮輔は翻弄《ほんろう》されるしかない。

息苦しさに涙が浮かび、前後からの律動に身体もまともに支えられない。だが、粘膜を圧迫される苦しさはその端《はし》から快感へと置き換わり、亮輔は何も考えられないほどの悦楽に呑みこまれていく。

「っん、ん、ん……っ」

前からは修次の指が、後ろからは健一の指が、示し合わせたように亮輔の尖りきった乳首に伸ばされた。残っていたもう一つのローターを外され、固く尖った乳首を喉や下肢をえぐる動きに合わせて指先で引っ張られ、こね回される。

複雑に混じる快感に、亮輔はなおも追いこまれていく。

「んぐ、……っふ、ん……っ」

そんな刺激を受けて、まともでいられるはずはなかった。

目尻から涙があふれ、突き上げられるたびに腰が大きく揺れる。視界すら定まらず、唾液が喉を伝った。長い時間焦らされたあげくに与えられた悦楽のあまりの深さに、ドロドロに身体が溶けていく。

どちらのものだかわからない指先が、執拗《しつよう》に乳首をこね回していた。その指に強く力がこもるのと同時に突き上げる動きがさらに速くなり、足の間からくちゅくちゅと漏れ聞こえる水音がつながる。

「……っぐ、ン!」

感じるのに合わせて、亮輔の口は自ら望んででもいるように、修次のものを淫らに吸い立てていた。

そうせずにはいられないほど喉が疼き、身体の感覚が妙になっている。

どれだけかわからないほど刺激された後で、亮輔の口の中で修次のものが一段と大きく育っていく。

射精されそうなのを察し、朦朧とした視線を上げようとしたとき、囁かれた。

「イクよ」

深くまで押しこまれ、どくんと脈打つような感覚を覚えた次の瞬間には、頭を固定されて喉深くに熱いものを吐き出された。

——あ……っ！

だが、それに嫌悪を覚える余裕すらなく、亮輔もぶるっと身体を震わせて、耐えに耐えていたものを解き放った。

「つぁ、……っく、……っふ！　…っうう……っ」

ガクガクと身体が震える。

腹どころではなく、顎のほうまで飛沫《しぶき》が飛んだ。強く締めつける亮輔の動きに誘発されてか、健一もその中で解き放つ。

「っう、……っぁ、あ……っ」

ぞくっと、注ぎこまれた熱に身体が灼けた。その感覚がまた亮輔を新たな快感へと駆り立てようとしていた。ずるっと引き抜かれる動きに腰から力が抜け、閉じきれない部分から熱いものがとろりとあふれ出した。

その刺激に、鳥肌立つような感覚が生み出される。

だが休む間もなく修次が背後に回り、固いものが突き立てられてきた。

「っや、……っぁ、……っあ……っ！」

逃げようとする腰を引き戻される。

出したばかりとは思えないほど、修次のものには固く芯があった。軽く抜き差しされただけで、元のように大きく育っている。

射精直後の敏感すぎる襞をそれでえぐられては、亮輔はどろどろの悦楽の中に投げこまれて喘ぐしかない。

そんな亮輔の口に、健一のものが突きつけられた。

「くわえろ」

その声が、亮輔を絶望へ叩《たた》き落とす。

——先輩……っ。

本当に信じていいのだろうか。

健一を見上げようとしたが、途中で視線を伏せたのは、自分の顔を見られたくなかったからだ。

目を合わせられない。男にはめられて喘ぐ自分が恥ずかしい。なのに、頬をつかむ手の動きを優しく感じるなんて、自分は健一に何を期待しているのだろう。

「っや、……っあ、……ッン、ン、ん……」

不意に脳裏に、かつての記憶が蘇る。ダイニングでみんなで座り、一緒にお好み焼きを焼いた遠い日の記憶が。

だけど、それ以上回想に浸ることはできず、亮輔は新たな波の中に引きずりこまれていく。悲鳴も喘ぎも出しつくした空っぽの身体に、さらに快感だけが果てもなく流しこまれていった。

＊＊＊

ふと意識が戻ったとき、力尽き、ほとんど動けなくなった亮輔を、誰かが丁寧に清めてくれているのがわかった。

――せん……ぱい……？

こうしてくれているのは、健一だろうか。瞼《まぶた》の上にそっと、唇を押しつけているのは。

重い瞼を開く。

泥《どろ》のような眠りに引きずりこまれる寸前に見えたのは、修次のどこか皮肉気《ひにくげ》な微笑みだった。

END

ラヴァーズ文庫

6周年おめでとう
ございます♡

ラヴァーズさんは、毎回、要求されるレベル高すぎって
でも、そんな無茶さえ愛しいよ…って感じなので、
頑張りました!!
よく爆死しますが、チャレンジは必要なんだぜ…！

何より奈良さまのイラストが素敵すぎて…！
拝見するだけで何だかもう解脱したような
気分になります♥　幸せすぎる…

次はどんなものを…と思いつつラヴァーズさんの
さらなるご健勝を♥

バーバラ片桐

CHIHARU NARA Presents

✧奈良千春ラフ画特集✧

愛憎連鎖

修次
健一
克輔

野内兄弟
黒ベタ髪
亮輔
白 or 63? トーン髪

ベッド側面
ベルトぶらさがる

NEXT
SSS

ラヴァーズさん
6周年おめでとうございます
あいぞう♥れんさ
あっという間の6周年ですね。
そのようなわけで全メガネを装着してみました…。
フレームでまゆげが隠れるのが好きです。
今後ともどうぞよろしくお願いいたします。
2010 奈良千春

黒《くろ》い傘《かさ》
Novel 沙野風結子 Fuyuko Sano
Illustration 小山田あみ Ami Oyamada

投げ出された裸の腕。

その手の先で、中指がかすかに動き、乱れたシーツを叩《たた》いていく。

リズムに引きずられるように、靫真通《ゆぎまさみち》は瞼《まぶた》をわずかに開けた。

自分の指先をぼんやり見て、浅い瞬《まばた》きをする。

「……」

舌打《したう》ちして右手を拳《こぶし》にし、粘《ねば》つくリズムを握《にぎ》り潰《つぶ》した。

まだ携帯のアラームは鳴っていないからもうひと眠りするかと、ごろりと寝返りを打つ。しかし毛布から剝《む》き出しになっている上半身にまとわりついてくる冷気に、邪魔《じゃま》をされた。

鉛色《なまりいろ》の眸《ひとみ》でちらとベッド横の窓を見る。

一日の終わりみたいな暗い色の雲が空を覆《おお》っている。そこから吐《は》き出される無数の線。

「雨か」

また雨のリズムに引っ張られそうになる。

靫は「あーっ」と喚《わめ》くと身体《からだ》を跳《は》ね起こした。長い両脚を乱暴に振りまわして毛布を蹴り飛ばし、枕元にツルも畳《たた》まずに投げ置かれていた眼鏡《めがね》を顔に乗せる。

スウェットの下だけ穿《は》いた格好《かっこう》で、両手で髪をぐしゃぐしゃに掻《か》きまわしながら寝室を後にした。

職人気質《かたぎ》の現場仕事が売りの、警視庁公安部。

そこに不似合《ふにあ》いな上等な容姿と凶暴《きょうぼう》な性格を具《そな》えている靫真通三十歳は「公安の綺麗《きれい》すぎる狂犬《きょうけん》」とひそかに称《しょう》されている。

そして午後になってもしとしとと降りつづく雨のせいで、靫の狂犬度はさらにアップしていた。こういう日に好きなだけ締め上げていい被疑者《ひぎしゃ》がいないというのは、実にストレスが溜《た》まる。

椅子《いす》のキャスターを窓辺《まどべ》へと転《ころ》がして見下ろせば、皇居のお堀《ほり》が雨に打たれて辛気臭《しんきくさ》い色合いで沈んでいた。

「いっそドシャ降りになりゃ、スカッとすんのに、なぁ？」

靫と自分のぶんのコーヒーを運んできた宮木《みやき》が、急に同意を求められて大袈裟《おおげさ》なほどビクッとする。

「あチ、チっ」

撥《は》ねたコーヒーが手に思いきりかかったらしく、宮木は慌《あわ》ててデスクにカップを置いた。両手の手首から先を痛そうに振る。

「またギリまで入れたんだろ。学習能力ねぇなぁ」

靫は椅子に座ったまま三白眼《さんぱくがん》で宮木を見返る。

宮木は視線を微妙に逸《そ》らしたまま童顔《どうがん》を引き攣《つ》らせた……ここのところ、靫と接するとき、宮木はいつもこういう腰の引けまくった反応をするのだ。

別に宮木ごときにどう思われていようがまったくどうでもいいのだが、なにぶんにも今日の靫は虫の居《い》どころが悪い。

狂犬フィルターで見れば、宮木は苛《いじ》めてもらいにきた獲物にしか見えなかった。

——歯応《はごた》えのねぇ獲物でも、ないよりマシか。

気晴らしのターゲットが決まってほくそ笑むと、宮木が不穏《ふおん》な空気を察したらしく「よしよし?」と呟《つぶや》きながら後ずさる。

「よしよし」

靫は窓枠を両手で押しながら方向転換し、椅子のキャスターを高速回転させた。

逃げようとした宮木の行く手を阻《はば》むかたちで、座ったまま脚《あし》を上げて、壁を踏み締める。宮木が反対方向に逃げようとするのを、今度はもう片方の脚で遮断《しゃだん》する。

両脚と壁がかたち作る三角形のなかに、宮木を囲い込む。

そうして靫は椅子の背凭《せもた》れにふんぞり返るように身体を預け、胸の前で腕組みをした。

「なんなんですかっ、靫さんっ」

宮木が助けを求めるように室内を見まわすと、五人ほどいた同僚《どうりょう》たちがおもむろに席を立って部屋を出て行く。最後に退室した伊藤《いとう》は戸口のところで、靫のサンドバッグになる宮木の尊《とうと》い犠牲《ぎせい》に短く敬礼《けいれい》した。

「ひどい……伊藤さんっ」

哀切《あいせつ》な表情を浮かべる宮木の背後の壁を、靫はガッと靴底で蹴る。

文字どおり、宮木が飛び上がる。

「す、すみませんっ」

「なにがすみませんだ?」

小首《こくび》を傾《かし》げて尋ねる。

「わかんないですけど、なんかやったんですよね、僕」

「まぁ、いいからとりあえず俺の目を見ろ」

「それは…」

「早くしろっ」

「は、はい!」

久しぶりに、宮木がまっすぐ靫の目を見つめた――のだが、みるみるうちに顔が赤くなっていく。そして、するっと視線が逸れた。

「なんで俺の目が見れない？　ここんとこずーっと、だろうが。ん？」

下から覗《のぞ》き込むようにする。怯《おび》えて目を潤《うる》ませている宮木は、とても二十八歳には見えない。大学生どころか下手《へた》をすると高校生にも見えかねない。

小動物系を愛玩《あいがん》する趣味のない靫は、ちょっと萎《な》える。萎えるが、手は抜かない。

「俺に訊《き》きたいことあんだろうが。言ってみろ」

「ありません」

靫の脚をどかして逃げようとする宮木の腰を、両の脹脛《ふくらはぎ》でギュウギュウ締めつけてやる。

「うぅ…」

「宮木」

観念《かんねん》したように、宮木は宙《ちゅう》を仰《あお》ぎ、震え声で言った。

「よ、よ、よ、よんぴ」

「よんぴ？」

宮木は両目をグッと閉じると、一気に口を動かした。

「4Pオカズにエネマグラって、なんなんですかーっ！」

捕《とら》えられたカルト教団の幹部が取調室《とりしらべしつ》で靫と交《か》わした会話に出てきた「4P」「オカズ」「エネマグラ」それに「ドライオーガスムス」といった言葉に宮木が引っ掛かり、それ以降、靫の顔をまともに見られなくなっていたのは端《はな》からわかっていた。

その上で宮木に羞恥《しゅうち》プレイをしかけてやろうと目論《もくろ》んだわけだが、いざ言わせてみると、さして刺激的でも面白くもなかった。

靫はフンと鼻を鳴らすと、壁を蹴って宮木を解放した。

「エネマグラ、けっこういい感じだったぞ。オススメだ」

「そんなオススメしないでくださいっ」

「今度プレゼントしてやる」

「けっこうです！」

まるで無体《むたい》をされた女子のように、宮木がダーッと走って部屋を出て行く。

それとほぼ入れ違いに、公安一課係長の狭沼《さぬま》が入ってきた。背後を通りながら、彼は靫の肩を手の甲《こう》で叩いた。

「あんまり宮木を苛めて潰すな」

靫はぬるくなったコーヒーを音をたてて啜《すす》る。

「潰れませんて。あいつ優秀ですから」

「確かにな」

狭沼はすぐにデスクにはつかずに、窓から外を眺《なが》めた。

「やむ気配《けはい》がないな」

「いっそ、お堀が溢《あふ》れて鯉《こい》が道路を泳ぐとこ見たいですよ」

「それなら私は見たことがあるぞ」

「はい？」

「ああ、もうかなり前になるのか。台風でお堀の水が溢れたんだ。道路は川状態だったな。地下鉄の駅にも水が大量に流れ込んで完全に交通網《こうつうもう》が麻痺《まひ》してな。大騒ぎだ。警察の電話は鳴りっぱなしで、私も駆り出されてえらい目に遭《あ》った」

聞いているだけでゾクゾクしてきて、靫は椅子から立ち上がり、窓に顔を近づけた。広がる景色《けしき》が水に沈むさまをリアルに想像すると、口元がにやけた。

「たまんねぇなぁ」

呟《つぶや》くと、離れた窓で狭沼が苦笑する。

「欲求不満か」

「なんでですか？」

「心理テストであったろ。コップの水の量で欲求不満度がどうのっていうやつだ」

そういえば、かなり昔、誰だったか女の子にその質問をされたことがあった。

彼女にその心理テストをされたとき、自分はなんと答えたのだったか。呆《あき》れたように笑う女の口元ばかりが鮮明《せんめい》に思い出された。

でも確かに、いまの自分のコップの水はとんでもなく溢れ返っているらしい。

——そういや、三ヶ月以上も「女」とはしてねぇんだよな。そろそろヤバいか。

今晩は久しぶりに女を呼び出そうと考えながら、改めてお堀を眺める。笑えた。

――それにしても、えらくデカいコップだな、おい。

ビニール傘《がさ》を差す。

どうせ置き忘れるから、靴はまともな傘を一本も持っていない。家には数本のビニール傘がどれがどれという区別もなく置かれている。今日、家を出るときもそのうちの一本を適当に摑《つか》んで出てきた。

ビニール傘を透《す》かして濁《にご》った夜空を見上げながら、自分の女関係も傘と似たようなものかと思う。

呼び名と顔と身体とメールアドレス。互いにそれだけを知っている関係の女が、靴には数人いる。そのうちのひとりと今日これからバーで会う予定だ。彼女にした理由は特にない。なんとなく、だ。

傘を閉じて、雑居《ざっきょ》ビルの細い階段を下りていく。女との待ち合わせによく使うバーの扉を押す。ジャズが低い調子で扉のなかから滑《すべ》り出てきた。店内はいつもどおり、ほどよく空《す》いていた。

天井に迷路のように張り巡《めぐ》らしてあるパイプに取りつけられたいくつかのライトが、それぞれに狭《せま》いエリアを鋭く照らしている。

スポットライトから外《はず》れた薄暗いカウンター席につくと、靫はいつものバーテンダーにオーダーを出す。

この二十代前半らしいバーテンダーはもの静かな雰囲気《ふんいき》で、無駄口《むだぐち》を叩かないところが気に入っていた。

携帯にメールが着信する。待ち合わせ相手は三十分ほど遅《おく》れるらしい。

こういう空白の時間はけっこう貴重だ。保留にしてある事項やいま関《かか》わっている案件、「協力者」のこと、いくらでも考えるべきことはある。どれも仕事絡《がら》みで、うっかり考えに耽《ふけ》りすぎると、女が来たときに思いっきり鬱陶《うっとう》しがる顔をしてしまって本末転倒《ほんまつてんとう》になるのだが。

そして、今日も考えに耽りすぎた。

当たり前のように自分に向かって近づいてくる気配に我に返る。

難しい表情を切り替えようと、高く通った鼻梁《びりょう》に中指を滑らせて眼鏡の梁《はり》を押し上げ——指先がビリビリしているのに気づく。指先だけではない。身体全体に重い圧迫感が生じていた。

それは左横に立った男のせいだった。

靫はじかに視線を向けないまま、相手を把握《はあく》する。

百九十センチほどもある厚みのある体軀《たいく》は黒革に包まれている。ライダースジャケットの濡《ぬ》れ具合からして、雨のなかバイクを転がしてきたのだろう。

「いつものでいい」

バーテンダーにぞんざいにそう言うと、男は腰をスツールに預けた。負荷《ふか》に、ギッと金属が鳴る。その音がなまなましい男の重みを靫に思い出させた。

不機嫌《ふきげん》剝き出しの声で尋ねる。

「なんでお前がここにいる？」

「偶然」

「のわけねぇだろ」

靫は横目で藜組《あかざぐみ》構成員・峯上周《ほうじょうあまね》を睨《にら》んだ。

巨大暴走族のヘッド上がりで、二十五歳にして組では一目《いちもく》置かれる存在だ。

峯上はなかば瞼を下ろした目で酒のボトルが並んでいる棚を眺めながら、別方向の質問を返してきた。

「今夜はどの女だ？」

「あ？」

「モデル体型の外資系商社勤め、ドMっぽい看護師、眼鏡の女教師」

啞然《あぜん》としている靫へと、のっそりと視線が向けられる。

「巨乳《きょにゅう》の保母さんってのもいた」

――冗談《じょうだん》だろ…。

ふてくされた子供めいた膨《ふく》らみのある唇をバーボンで濡らして、峯上が続ける。

「あんたがこの店使うのは、女に嵌《は》めたいときだ」

靫は峯上から大きく顔と身体を背《そむ》けた。側頭部の髪をぐしゃっと握る。

――待て待て待て。おかしいだろう。

靫が峯上周と知り合ったのは三ヶ月ほど前、二年がかりで追っていた礎苑教《そえんきょう》というカルト教団の案件を介《かい》してだった。礎苑教を潰すという同じ目的をいだいていた峯上のことを、靫は公安警察の協力者にしたのだ。

そして成《な》り行《ゆ》き上、不可避《ふかひ》な理由において靫は峯上と肉体関係を持った。

それ以降は女どころではない日々が続き、今日にいたる。

要するに、峯上と出会ってからこちら、一度もこの店には来ていなかったわけだ。だから、女たちと待ち合わせもしていない。

それなのに、どうして自分の寝た女たちの、自分も知らない職業情報までこの男が摑んでいるのか。職業のほうは当てずっぽうの可能性もあるが、少なくとも外見的特徴は靫の携帯に登録されたことのある女たちとぴったり一致《いっち》していた。

高速で思考《しこう》を廻《めぐ》らせていると、ふいに耳の下の肌に触《さわ》られた。弱いそこを親指の先でずるんと擦《こす》られる。

「っ」

快楽に転ぶ一歩手前のざわめき。

反射的に男の二の腕を殴《なぐ》ると、硬い感触が手にじんわりと響いた。

靫も身長は百八十センチ弱あり、並の男よりしっかりした身体つきをしているが、峯上の肉体は造《つく》りの根本が違うとしか思えない。

靫は舌打ちすると、スツールの座部を百度回して峯上へと身体を向けた。カウンターの天板に肘《ひじ》をついて、顎《あご》を支える。剣呑《けんのん》とした眼差《まなざ》しで男を見据《みす》えた。

「巨乳とは一年以上、会ってない」

「よくなかったのか?」

無視する。

「一年以上会ってない女のことを、なんで三ヶ月前に知り合ったお前が知ってんだ」

「十四ヶ月前だ」

「……十四?」

峯上もまたスツールの座部を三十度、靫のほうに回す。

開いた脚のあいだに、峯上の太さのある右脚が入ってくる。

「俺があんたに目をつけたの」

靫は傾けていた頭を正し、身体を前傾させた。声を低める。

「お前、俺のことを十四ヶ月も前から嗅《か》ぎまわってたのか?」

「礎苑教を潰すのに、使えるヤツかよく確かめた」

「――冗談だろ」

「あんたは敏感《びんかん》だからな。慎重《しんちょう》に進めるのに苦労した」

ターゲットを尾行《びこう》視察するプロであるはずの公安警察官が、こともあろうに、素人《しろうと》に長期間にわたって監視されていて気づけなかったのだ。間抜《まぬ》けすぎて自分をボコボコに殴りつけたくなる。

黒革に包まれた硬い膝頭《ひざがしら》で擦られて、右の内腿《うちもも》がぴくりとする。

「あのバーテンダー」

峯上が視線だけで、靫の気に入りのバーテンダーを示す。

「族時代の後輩だ」

この店を使いはじめて二年ほどになるが、確かあのバーテンダーは途中から雇《やと》われたのだった。おそらく靫の情報を集めるためにわざわざ送り込まれたのだろう。そして彼はカウンターの向こう側から実にさりげなく、視察をおこないつづけたというわけだ。

思い返してみると、峯上は不思議なほど詳《くわ》しく靫の立ち回り先などを把握していた。

それも長期におよぶ視察の結果ならば、腑《ふ》に落ちる。

もしかすると、ここのバーテンダー に限らず、数箇所で定点視察をされていたのかもしれない。

考えるほど、頭痛がしてくる。

眼鏡を掌《てのひら》で覆うようにして顔の上部を隠した。

峯上が声をたてずに嗤《わら》っているのが、触れ合っている脚から伝わってくる。……二十五歳の男の暑苦しい体温も伝わってくる。

――要するに、俺はこいつを吟味《ぎんみ》して協力者にしたつもりでいたが、まんまと俺のほうがこいつに吟味されて協力者にさせられたってわけか。

耳に男の熱い吐息《といき》がかかる。

「あんたは、外れなしの男だ」

追い討《う》ちをかけられる。

「真通」

下の名を呼び捨てにされたとたん、体内深くに刻みつけられた猥褻《わいせつ》な律動《りつどう》が甦《よみがえ》ってきて、靫は咄嗟《とっさ》に腹筋《ふっきん》を硬くした。じわじわと効《き》いてくるボディブローに耐《た》えるみたいに息を止める。そうして耐えきってから、峯上の脚を蹴り飛ばした。

「耳のなかまで鳥肌《とりはだ》たつだろうが」

人差し指の先で耳孔《じこう》を掻きまわして、靫はスツールをぐるりとカウンターへと向けた。溶けた氷で薄まったウィスキーを喉《のど》に流し込み、体内の熱にアルコールの熱を重ね塗《ぬ》りする。氷を奥歯で嚙《か》み砕《くだ》く。

空《から》になったグラスを見たら、喉がチリチリしてきた。

思い出す。

『コップの底が丸ごと抜けてて、空っぽ』

コップのなかの水量で欲求不満度を測《はか》る心理テストとは知らず、靫は訊いてきた女友達にそう答えたのだった。彼女は呆れたように笑って「逆に、すごそー」と呟いた。

たぶんあれはひとり暮らしを始めたばかりの、高校生のころのことだ。

素《す》で答えたのだろうが、我ながら妙《みょう》な答えだった。

──軽く病《や》んでたのかもなぁ。

水滴《すいてき》の伝うグラスの底をやわやわと撫《な》でながら、思春期のヒリつきを胸で転がす。

「エロい手つき」

横からぼそりと指摘される。

言われてみれば、男の太いナニを握りながら、その下のソレを転がすのにちょっと似ていた。

手が濡れているのがまた、淫靡《いんび》さを増している。

「バカか」

靫は穏《おだ》やかな見た目とは裏腹《うらはら》に暴走族上がりだというバーテンダーに同じものを頼んでから、獣《けもの》を追い払う仕種《しぐさ》で手を払った。

「お前みたいな危なそうなのがいたら女が逃げる」

無視して居座《いすわ》るかと思ったが、峯上はスツールをギッと鳴らして席を立った。グラスを片手に、靫の視界の端《はし》から後方へと消えていく。どうやら、背後のボックス席に移ったらしい。背中を視線にまさぐられながら、靫はグラスを傾ける。

妙な緊張感にアルコールの弛緩《しかん》が絡んで――気がついたら、スラックスの下腹に特有の甘苦しい張りが生まれていた。吐息のリズムが乱れる。身体と頭の芯《しん》が、濡れ痺《しび》れていく。

煽《あお》られ方は問題ありだが、これならば今夜は存分《ぞんぶん》に発散できるだろう。

女が来るのがこれほど待ち遠しいのは、久しぶりだった。

――峯上はバイアグラか。

最高に愉《たの》しい気分になってきたところで、女が到着した。

てろんとした布地のスカートで色っぽい腰のラインを剝き出しにした、ドMっぽい雰囲気の女が微笑《ほほえ》む。

「田中《たなか》さん、お久しぶり。連絡嬉《うれ》しかったです」

正体不明の田中さんとして、靫は薄く笑みを返す。

――看護師か。

透明ビニール傘に薄《う》っすらとピンク色が載った感じだ。好みかどうかはともかく、新鮮味はある。

右側のスツールに腰掛けた女が小さな口でカクテル一杯飲みおえるのを焦《じ》れ焦《じ》れした気持ち

で待っていると、背後に重い気配が生じた。

靫が肘をついているカウンターに、女とのあいだに割り込むかたちで長い腕が伸ばされる。男の手の輪郭《りんかく》が黒い天板に浮き上がる。

その太い節《ふし》のある指を見たとたん、靫の張り詰めた快楽の端が、わずかに溶解《ようかい》した。性器の先が濡れていく。

「あの…」

看護師がびっくり顔で、靫の背後に立つ男を見上げた。

その顔に怯えと……ドM心《ごころ》を衝《つ》かれた表情とが、浮かぶ。

「——、!」

ふいに臀部《でんぶ》に違和感《いわかん》が起こり、靫は眉を歪《ゆが》めた。

スツールの、鉄パイプでアウトラインだけ組まれている浅い背凭れ。そのパイプ枠のあいだから、峯上の左手が差し込まれていた。やわらかみのない尻《しり》をギュッと摑まれる。

峯上のデカい図体《ずうたい》と、靫のジャケットで臀部が隠れているせいで、周りに行為は見えていないようだったが。

「た、田中さんの、お知り合いの方ですか？」

看護師の声はすっかり潤んでいる。靫はそれにいささか面白くないものを感じるが、実のところそれどころではなかった。峯上が手の角度を変えて、四本の指を会陰部《えいんぶ》にめり込ませてきたのだ。

そのままぐいぐいと抉《えぐ》るように指が動かされる。

臨戦態勢《りんせんたいせい》で過敏《かびん》になっている身体には、行き過ぎた刺激だった。

「っ、ぅ」

思わず苦しげな声を漏《も》らしてしまうと、看護師は職業スイッチが入ったのか、眉《まゆ》をキュッと上げた。

「どうかしましたか、田中さん」

「え、いや」

「さっきから顔が赤いのが気になっていたんです。頭痛や喉の痛み、ありませんか」

会陰部に置かれた指が、今度はゆるく揺らされる。腰がどろりとした体感に沈んでいく。臀部をスツールに押しつけると、よけいに男の指をくっきりと感じてしまう。

「それとも、どこか痛いところは…」

力を籠《こ》める双丘《そうきゅう》の奥に、指が押し入ってくる。そこで強張《こわば》っている窄《すぼ》まりに触られた。指先でくじられる。

「くッ」

靫はカウンターに両手をついて、勢いよく立ち上がった。予想以上に足腰が緩《ゆる》んでいてよろけると、二の腕を峯上にがっしりと摑まれた。

看護師も慌てて立ち上がる。

彼女の華奢《きゃしゃ》な手が届く前に、靫の身体は後ろに引っ張られた。男の逞《たくま》しい腕に肩を抱かれる。耳孔を唇で塞《ふさ》ぐようにして囁《ささや》かれる。

「俺がたっぷり介抱《かいほう》してやる」

介抱なら、それこそ看護師の本分《ほんぶん》だろう。

そもそも今日は、女のやわらかい胸を揉《も》みに来たのであって、男に尻を揉まれに来たのではない。

しかし、峯上と触れ合っている部分が痛いぐらいぞわぞわと痺れるせいで、抗《あらが》い損《そこな》ってしまった。そのままバーの入り口に連れ去られる。狭い階段を上りきって雑居ビルを出る。小降りの雨に肌を打たれたところで、ようやっと峯上の手を振りほどくことができた。

「俺はヤりに来たんだ。邪魔するな」

「ここからなら会員制クラブまでバイクですぐだ。そこのビルの地下に駐《と》めてある」

「人の話を聞け」

「聞いてる。ヤりに来たんだろう」

「だから」

「俺がガタガタになるまでヤってやる」

別にはぐらかしているふうでもなく、峯上は話を勝手なほうに運んでいく。いつものことながら、靫はペースを大きく崩《くず》される。

ふたたび腕を摑まれた。バイクが置いてあるというビルへと進まされる。

「おい、お前さっき酒飲んだだろ」

「ああ」

「バイク転がしたら、飲酒運転で速攻《そっこう》ブタ箱に放り込んでやる」

雨に髪を濡らしながら、峯上がわずかに振り返る。眇《すが》めた目でじっと見つめられる。面白くない気分にさせてやることができたらしい。公権万歳《こうけんばんざい》だ。

「それとな。俺はヤられに来たんじゃなくて、ヤりに来たんだ。バーに戻る」

だが、こちらの発言のほうは無視された。

峯上がふたたびビルに向けて歩きだす。

どうせバイクに乗れないのに行ってどうするつもりかと興味半分でついていってやると、しかし峯上はビルには入らず、隣の建物との狭間《はざま》の細い空間へと入っていった。建物の輪郭に沿って右に曲がる。幅一メートル半ぐらいのコンクリート通路を、雨粒が打っていた。

左手で靫の腕を摑んだまま、峯上は革ジャケットの背をビルの壁へとつけた。そうして右手だけでレザーパンツの前を開いていく。

「…………」

ずしりとした長い器官が握り出された。劣情《れつじょう》に腫《は》れかかっている。

それがみるみるうちに雨に濡れそぼっていく。

「どうした？　手でも口でも好きなようにヤれ」

腕を引っ張られた。掌に性器が触れる。

「ヤるの意味が違うだろうが」

掌が灼《や》けるように熱くなる。

峯上が目を細める。

「さっきのグラスみたいに、したらどうだ」

くだらない提案を後悔《こうかい》させてやろうと、痛むぐらいの強さで性器を摑んでやった。

すると、手指の輪が内側からググッと押し拡《ひろ》げられた。相変わらず問題のある硬さとサイズだ。

呆れつつも、靫は喉にヒリつきを覚える。

項《うなじ》を摑まれた。

「舐《な》めたいのか？」

一瞬の気の迷いを読み取られて、カッとなる。項の手を外そうとすると、峯上の身体が壁から離れた。入れ違いになるかたち、靫の背中が壁にぶつかる。

「おい…」

目の前に立ちはだかる大きな身体が沈んでいく。

両膝をコンクリートについて跪《ひざまず》いた男を、靫は鼻先へとズレた眼鏡越しに見る。

スラックスに通したベルトを乱暴に摑まれて引っ張られた。下腹を前に突き出す姿勢を取らさせる。質量を増した器官が、そこの布を露骨《ろこつ》に押し上げていた。

鈍重《どんじゅう》に光る目で靫を見上げながら、峯上が嗤いを滲《にじ》ませた声で言う。

「ヤられたいなら、素直にヤられとけ」

厚みのある男の唇が、スラックスの下腹を擦った。硬く通った芯を根元から先端までなぞられる。

そのひと擦りだけで、靫の腿から腰にかけての肌は粟立《あわだ》った。

「…ふ」

粟立った場所が、じっとりと熱くなっていく。

峯上が大きく首を傾けて、茎を唇で挟んだ。そのままハーモニカでも吹くように裏のラインを緩急《かんきゅう》をつけてずるずると刺激する。

女にされるはずだったことを男にされている違和感は、確かにある。あるのに、目を離せない。先端部分を布越しにねっとりと舐められる。

大量のぬめりが性器から溢れるのがわかった。

「う――く」

もう限界だった。

靫は男の強《こわ》い髪を摑むと、殴るように押し退《の》けた。

そうして自身の腹部に手を伸ばす。慌ただしくベルトを外し、スラックスのファスナーを開く。性器のかたちを露《あら》わにして膨らんでいる下着の前をぐうっと下げた。

押さえつけられていた性器が勢いよく弾《はず》み出る。

「は、ぁ」

反《そ》り返る茎を冷たい秋雨《あきさめ》に打たれる微弱《びじゃく》な刺激が、掻き毟《むし》りたくなるぐらい、もどかしい。並の男より長さも太さもあるものを握り締め、搾《しぼ》るように扱《しご》く。

靫は快楽ににやりとしながら、跪く男に言葉を落とす。

「ご奉仕《ほうし》させてやる」

峯上が大きく唇を開く。その口が靫のぬるぬるになっている先端へと、なんの衒《てら》いもなく寄せられる。熱くしこったペニスを食われていく。

実際、愛戯《あいぎ》というよりは、食物を咀嚼《そしゃく》し、味わいつくす行為によほど近かった。舌でたっぷりと転がされる。熱い口腔《こうこう》に締めつけられて溢れた蜜を、音をたてて啜《すす》られる。峯上は何度も大きく喉を鳴らして、口のなかに溜まった体液を嚥下《えんか》した。ガチガチになった茎を齧《かじ》られる。

「っ」

深く俯《うつむ》いたまま、靫は頭を横に振る。

興奮しすぎた野獣にいつ性器を食いちぎられるか知れない恐怖感に、薄く開いたままの唇が震える。その腫れた唇を伝った雨が、ぽつりと落ちていく。

——ヤバい…。

ドMの気持ちが、わかりかけてしまう。

また、峯上が喉を露骨に鳴らして、体液を飲み込んだ。

腺《せん》が壊れたみたいに、先走りが止まらなくなってしまっていた。ズズ…と、性器がさらに深い口に沈められていく。叢《くさむら》に男の唇が密着する。

……まるで性器がなくなったように見えた。ペニスを食いちぎられて女にさせられた錯覚《さっかく》に襲われる。峯上が激しく頭を振る。

「ううう」

果てそうになりながら、靫は強張る指を叢へと這《は》わせた。

丸く開かれている男の唇に触る。唇の端から無理やり人差し指をなかに捻《ね》じ込んだ。

——……ある。

硬直したペニスが峯上の口のなかにあるのを確かめて安堵《あんど》する。

安堵の呼吸が途切れた。

指ごと性器を激しくしゃぶられていく。強張りきった背骨の力が崩れた。

「あ、ぁあ、ッ」

腰を深く折って、片手で峯上の後頭部を掴む。生理的な欲望のままに、靫は男の口内へとさらに性器を押し込んだ。茎がビクビク跳ねる。

峯上が放たれたものを飲み込んでいくのを、粘膜《ねんまく》の動きでなまなましく感じ取る。最後の一滴まで飲まれた。

強張りを失っていくものをしばらく口で愉しんでから、峯上が立ち上がる。

靫の身体は壁に沿って半回転させられた。濡れてざらつく壁に、熟《う》んだ頰《ほお》が擦れる。下着とスラックスを膝まで下ろされる。ジャケットと下のシャツの裾《すそ》を背中へと撥ね上げられた。

丸出しになった臀部の狭間に、猛々しい屹立《きつりつ》を押し込まれる。粘膜へ通じる窄まりに、凄《すさ》まじい圧力がかかった。

「う」

靴の踵《かかと》が浮き上がる。

靫は壁を拳で叩いて、背後の男に悪態《あくたい》を吐《つ》いた。

「そんなバカデカいの、急に入るか」

「自分でしてないのか？」

「自分でって――するわけねぇだろ」

むしろ、性器でもない孔《あな》に刻みつけられてしまった独特の快楽を忘れ去ろうとしてきたのだ。

「くっ、っ」

峯上が尋常《じんじょう》でない体積のもので犯《おか》そうとしてくるのに、靫は臀部全体に力を籠めて身体を閉ざす。腰を両手でがっしりと掴まれた。

「ぁあ」

ほんの先端だけ男を埋《う》め込まれる。

外そうとして、腰を激しく上下左右に振りたてる。なんとか追い出すことには成功したものの、今度は尻の肉をぐっと鷲掴《わしづか》みにされた。底の部分を剥き出しにされる。

少し強まった雨に、尻を打たれた。尾骶骨《びていこつ》から谷間へと冷たい雨の糸が、次から次へと伝い落ちていく。

「ふ……」

会陰部全体が、わなないた。

そのわななくエリアを猛《たけ》った男性器でなぞられる。

背後から身体を密着させてきた峯上が息を噛む声音《こわね》で命じる。

「脚、閉じてろ」

「あ?」

脚を外側から掴まれた。腿をきつく閉じさせられる。その狭《せば》まりきったところに、灼熱《しゃくねつ》の太い棒が差し込まれた。

会陰部を幹でずるずると擦られていく。双嚢《そうのう》が裏から突かれ、持ち上げられる。それに釣られて性茎も跳ね上がる。

靫は壁に額《ひたい》をつけて、自分の身体を見下ろした。後ろから貫通するかたち、脚のあいだから男の色の深い先端が見え隠れする。そのリズムに合わせて、ふたたび張り詰めた靫の雄《おす》も根元から重たく揺れる。

受け入れがたい視覚と体感に唇を噛んでいると、首筋を舐め上げられた。耳の下に吸いつかれる。そこから、力が入らなくなるほど甘い痺れが、身体中に拡がっていく。

「あ、……っ……ぁぁ……っ」

先走りと声が止められなくなる。

雨が肌を打つ細《こま》やかなリズムに、男に腰を打ちつけられる強いリズムが混ざる。その強いリズムが次第に忙《せわ》しなくなっていく。

靫は跳ね狂うみずからの性器を捕《つか》まえた。擦る余裕もなく、ただただきつく握り締める。

「――真通」

濁った低い声で名前を呼ばれたとたん、脚のあいだから突き出たものが白い粘液をドッと溢れさせた。壁に噴《ふ》きかかり、さらに靫の腿にも熱く垂《た》れていく。

「……」

靫の握っているものからも、同じ属性の液がとろりと溢れていた……。

「青姦《あおかん》したがんのは、ガキか変態だな」

汚した壁の横で、ガキで変態な大人の男ふたりが並んでしゃがんでいる。

鞁は両手で濡れた髪を搾るように掻き上げた。眼鏡も顔もスーツも、すっかりずぶ濡れだ。いまだに火照《ほて》りのやまない腰に下着が張りついているのが気色悪《きしょくわる》い。気色悪いが、少し欲求不満は解消されたようだった。

とりあえず、皇居のお堀が表面張力《ひょうめんちょうりょく》で溢れないぐらいにはなった。

峯上が半眼のまま空を見る。

「青くない」

確かに、夜のうえに曇天《どんてん》ときている。青空姦淫《あおぞらかんいん》とはほど遠い。

「そんなら黒姦《くろかん》か」

「……」

「……」

どうでもいい感じの沈黙が落ちる。

くだらなさに苦笑いして、ジャケットのポケットに手を突っ込む。一服しようと思ったのだが、煙草《たばこ》はボックスごと全滅《ぜんめつ》していた。濡れ煙草を摘《つ》まんで指先でくじると、紙が破けてなかの草がボロボロと崩れ落ちていく。かすかに苦い香りが鼻腔《びこう》をくすぐる。

くだらないついでに訊いてみたくなった。

「なぁ、峯上」

「周だ」

すぐにそうやって下の名前で呼ばせたがるから、嫌《いや》がらせをしてやる。

「アッちゃん」

不機嫌な横目で射られながら、靫は件《くだん》の心理テストを出題する。

「目の前にコップがある。どこまで水が入ってる？」

どうやらそれがなんのテストかを、峯上も知っていたらしい。いかにも女が好みそうなネタにうんざりした顔になって、関係ないことを口にしてきた。

「クラブの風呂であったまっていけ」

いまの靫には、さすがにちょっと魅力的な誘いだった。

しかし、奥歯を噛んで踏み止《とど》まる。

「やめとくわ」

低い声で言いながら立ち上がる。

これ以上、峯上の体温を感じる距離にいるのは、毒だ。

表面張力ギリギリの欲望が早くも溢れそうになっていた。

「じゃーな、アッちゃん」

手を一回払うように振って、靫は峯上を置き去りにする。

その靫の背後で、独《ひと》り言《ごと》っぽく。

「――水んなかに、コップが浮いてる」

靫は一瞬立ち止まってから、またコンクリートに張った水の膜を蹴り飛ばすように歩きだす。

呟く。

「溺《おぼ》れてみたくなるだろーが」

雨が本降りになりはじめていた。

END

祝

ラヴァーズ
文庫様
創刊6周年
おめでとう
ございます

これからも
新新刺激的
クールエチー
な作品を
たくさん
送り出して
ください！

沙野風結子

AMI OYAMADA Presents

✦小山田あみラフ画特集✦

タンデム～狂犬と野獣～

真通
歳）
・切れ長の目
・色素辺の髪
クール
スレンダー
しなやか

峯上周
25歳

礒野田 櫟
(26)
目大きめ
少女っぽさ

おい
お前！
ふざけんのも
いい加減にしろっ
タンデム
狂犬VS野獣
小山田あみ
ブロロロロロロロロ…
落ちる
つってんだよ
掴まってろ
聞いてんのか
周!?
※速度違反
※ジグザグ走行
もういい
降ろせっ
止めろ
バカ!!
ぶすっ
HOTEL
ザー
バタン
クソ
キモチわり…
…テメエの
ド下手運転で
酔ったわ!!
ベッドの上じゃ
しがみついて
離れねえクセに
あん？

全然消えねんだけど
あんたがつけた痕
……
わかった こないだよりもっとスゴイのしてやる
残念だったな そろそろタイムアウトだ
ぽふっ
知るかっ
忘れたんな前の話
――真逆
心配するな
あんたが吐いてる間延長しておいた
※鞍さんはちゃんと歯磨き済です
むぐ!?
んんっ!
本気か?
スゴイってざけんな
そんでなくてもお前のは…
後日
24時間サウナ
鞍さんてやっぱ…
激しい女性が好みなんすか?
あ?
わーっ オレ初めて見ます こんな大量のキスマーク!
てか鞍さんの弱点って
黙ってろ宮木
――…あんのガキ!!
狂犬と野獣の攻防は続く…
END

6周年
おめでとうございます!!
今後とも頑張りますので
よろしくお願いします
小山田あみ

帰《かえ》る場《ば》所《しょ》

著
夜光花
HANA YAKOU
画
高橋 悠
YOU TAKAHASHI

疾風《はやて》のように駆けていく銀の獣《けもの》を目にして、佐倉遼《さくらりょう》は思わず足を止めた。

施設の一角の壁が破壊され、内部が見える。銀の獣は閉じ込められていた壁を破壊して、庭に飛び出したようだ。そして風のように速く、敷地の外へと駆け抜けていった。

「銀《ぎん》、待て！」

後を追いかける須王《すおう》の姿が見えたが、すでに高い跳躍《ちょうやく》を見せ敷地外へと消えていった銀の獣を追いかけるのは断念した様子だ。須王にしては珍《めずら》しくしくじったという顔をしている。

「今のは誰だ……？　銀の獣なんて初めて見た」

佐倉は須王に近づき、獣が消えていった方角へ顎《あご》をしゃくった。この施設には獣と人間のハーフが集まっている。だがその中でも銀色の毛をした獣を見たことなどなかった。銀色の獣自体を見た記憶がない。あんな色を持って生まれてきた獣がいたことに驚きを隠せなかった。

「つい最近保護したんです。ちゃんと事情を説明するつもりだったのに、逃げてしまいました」

須王が口惜《くや》しそうな顔をして教えてくれる。自分より三つ年下の須王は、施設内でもプライベートでも佐倉に対して丁寧《ていねい》な口調で応対する。初めて会った時からそれは変わらず、いつも彼と話す時にもやもやした思いを抱える。この施設内では須王のほうが地位は上だというのに、しかった。

「珍しいな、お前が追いかけないなんて」

いつもの須王なら、力ずくで逃亡した獣人《じゅうじん》を捕らえるところだ。今見た限りでは、須王はわずかに獣化するのを迷い、諦《あきら》めたように見えた。誰にも力で劣《おと》ったことのない須王にしては珍しかった。

「……速さは、俺より上かもしれない」

銀の獣が消えた方角を見て須王が呟《つぶや》く。その言葉にどきりとして佐倉は目を瞠《みは》った。須王が自分以外の誰かを上だと言うのは初めてだ。確かにあの銀の獣、尋常《じんじょう》じゃないスピードを出していた。須王の大人びた横顔を見つめ、佐倉は内心はやる心を持て余した。誰かが須王を負かすことができるというのが、暗い快感を呼び覚ます。

実力もカリスマ性もある年下の男。もし叶《かな》うなら噛《か》み砕《くだ》いてその身体《からだ》を犬の餌《えさ》にでもしてやりたい。

(毛を逆立てるなよ、馬鹿)

己《おのれ》に言い聞かせ、佐倉は須王の横顔から視線を逸《そ》らして歩き出した。須王に対する暗い感情は抑《おさ》えていてもいつも滲《にじ》み出してしまう。相手に気づかれないようにするのがやっとだ。佐倉の思いを知ってか知らずか須王の態度はいつも変わりない。それが却《かえ》って佐倉のどろどろとした妬《ねた》みの感情を煽《あお》った。

(銀、と言っていたな…。あの男が俺と組んでくれれば…)

須王が潜在的《せんざいてき》な力を認めた獣。どこへ消えてしまったのだろう。調べてコンタクトをとってみたい。

佐倉は敷地の外を見やり、目を細めた。


湯で温めたタオルを軽く絞《しぼ》り、佐倉は浴室から自分の部屋へと向かった。

近所でも幽霊屋敷と噂《うわさ》されている自分の家は、歩くと綿埃《わたぼこり》が足元で動く。母が亡くなってからずっと家の手入れをしていない。かろうじて寝床のある奥の間だけは箒《ほうき》をかけているが、他は惨憺《さんたん》たる有様だった。板張りの廊下は汚れているし、畳はじめじめしているし、壁もくもの巣が張り巡らされている。何よりも埃がすごい。いつか掃除しようと思いつつ、もう十年以上放置している。時々しか来ないのもあって、余計にやる気がそがれる。

自分の寝床のある部屋へ行くと、布団で青年が眠っていた。すっきりした目鼻立ちをした青年で、今はその目が閉じられている。昨夜《ゆうべ》は浴室で彼を犯し、布団に入ってからもあちこちをずっと愛撫《あいぶ》していた。少し休憩させてくれと言われ、気づいたらもう彼は眠りの世界に足を踏み入れていた。

あれから十年近くの歳月を経た後、佐倉は銀とこうして特別な関係になっている。銀色の獣の正体は、高潔《こうけつ》な意志を持った頑固《がんこ》な男だった。綺麗事《きれいごと》ばかりぬかし、佐倉を呆《あき》れさせるが、綺麗事を貫ける強さを備えていた。

寝ている銀の傍に腰を下し、温かなタオルで汚れた顔を拭《ふ》く。

「ん…」

銀はかすかにうなったが、温かなタオルが気持ちよかったのか目覚めはしなかった。汗ばんだ顔や首筋を拭《ぬぐ》い、さらさらの前髪をかき上げる。

きれいな顔をしている、と初めて会った時に思ったのを覚えている。今も思う。きれいな顔だ。性格をそのまま顔に表したような、揺るがない瞳、意志の強そうな唇《くちびる》。めったに笑顔を見せないその顔は、今も佐倉の視線を捉《とら》えて離さない。首筋を拭いている最中《さなか》に銀の唇が目に入り、屈《かが》み込んでそっと唇を重ねた。起きている時は笑顔を見せない銀だが、寝ている時だけは穏《おだ》やかな顔をしている。その顔を見るとむらむらきて、何度か寝込みを襲《おそ》った。その都度《つど》けっこうな力で殴《なぐ》られるのでつらいのだが、こうして寝ている銀を見るとやはり下腹部が疼《うず》く。

キスをしても目覚めない銀は、佐倉に何度も揺さぶられて相当疲れたのかもしれない。

反応がないのを残念に思い、佐倉はタオルで上半身から汚れを拭いていった。何度も互いに達したので、銀の身体は精液で汚れていた。それをきれいに拭い、内股にタオルを滑《すべ》らせていく。銀は深い睡眠を貪《むさぼ》りながらも寒さを感じたのか、ぶるりと身体を震わせた。ヒーターを強め、銀の身体を横にする。

尻のはざまにタオルを当てると、わずかに反応があった。

布であられもない場所を擦《こす》り、たわむれに指を入れる。まだそこは弛《ゆる》んでいて、佐倉が指を入れると難なく奥まで引き込んだ。何度も射精したはずなのに、こうして銀の敏感な場所を弄《いじ》っているとふたたび下腹部が熱を持ってくる。きりがない、と呟き佐倉は銀の耳元に口を寄せた。

「銀…、まだ足りない。起きてくれよ」

銀の耳朶《じだ》にキスをして、懇願《こんがん》するように囁《ささや》いた。自分は銀を好きだが、銀は特別自分を好いているわけではない。というよりも銀は色恋という観念に欠けている節《ふし》がある。こうして自分を受け入れているのはしつこくねだるからという理由だろう。実際銀から一度も好きという類《たぐい》の言葉を聞いたことはないし、それらしき愛情表現も見せてもらっていない。銀にとっては憎い敵を抹殺《まっさつ》することだけがすべてで、他のことはまったく問題にならないらしい。佐倉にとっては大いに不満だが、銀はそういう人間なので仕方ないという諦めにも似た気分になっている。そういう自分だってこうして誰か一人を特別に想うことなど初めてで、何をどうしていいかも分からない。

ただ無性に銀を組み敷きたくなり、自分だけのものだと誇示《こじ》したくなる。銀はそれを獣同士ゆえの本能だと語る。オスが自分の力のほうが優位だと示したいだけだと言うのだ。それだけではない、そうではないと言っても銀は信じない。
だとしたらこうして銀の唇に触れたくなったり、髪を撫《な》でたくなったりする気持ちはどこからくるのだろう。相手は愛されて喜ぶような従順な性格じゃない。起きている時にやろうものなら、拳《こぶし》で殴りかかってくる。問題は自分より銀のほうが強いことだ。本気で抵抗されたら敵《かな》わない。

獣に変わってから銀の肉体は変化した。あきらかに以前より筋力の数値が上がっているし、獣に変化しなくても威力が増している。獣になったことで銀の中のリミッターが外れたのだろうか。組織を壊滅したいという佐倉の願望にはありがたい話だが、二人でいる時はやや厄介《やっかい》なしろものだった。

「うう…」

佐倉が揺り動かすと、銀は眠そうな唸《うな》り声を上げて布団にうつ伏せになった。じれったくなって佐倉は自分の性器を扱《しご》き勃起《ぼっき》させると、銀の腰を引き寄せ、ゆっくりと剛直を埋《う》め込んだ。まだ柔《やわ》らかな銀の内部はしっとりと佐倉を包み込み、たとえようもない心地良さを与える。女性と違い簡単に男を受け入れる場所ではないそこは、佐倉をきつく締め上げ、一旦《いったん》奥へ引き込んでも無理に押し戻そうとする。

「はぁ…」

かすかに吐息《といき》をこぼし、佐倉は繋《つな》がったまま銀の身体を引き寄せ、体勢を変えようとした。

するといきなり胸を肘《ひじ》で強く突かれて、息が止まった。

「う…っ、ゴホ…ッ、ゲホ…ッ」

容赦《ようしゃ》ない突きを食らい、強烈な痛みが駆け巡る。銀の肩に顔を埋《うず》めて痛がっていると、うなり声が聞こえてきた。

「また勝手に入れたな…」

眠そうな目をしながら銀が後ろへ顔を向け、怒った空気を発する。

「少しは加減《かげん》してくれよ、今のはマジに入った」

佐倉の悲痛な声に銀は再び肘を突き出そうとする。慌《あわ》ててその腕を止めて、佐倉は銀の身体を抱きしめた。

「今日はいいって言っただろ？　大体あんたが一度寝たら多少のことじゃ起きないのが問題なんじゃないか？」

「…責任転嫁《てんか》か。勝手に寝込みを襲《おそ》うお前のほうが悪いに決まってるだろう」

「頼んだって素直にやらせてくれないからだろ」

「嘘《うそ》つけ。本当は断られるのが怖いんだろ、このへたれが」

うるさそうな声で銀に言われ、かちんときた。今まで相手をしてきた女性からそんな言葉を投げかけられたことはない。男にだって、そんな不遜《ふそん》な物言いは許さなかった。腕に抱いている男が自分より上だという事実が猛烈に腹立たしい。この感情は須王に対するものと少し似ていた。違うのは銀は自分に向き合ってくれたが、須王は一定の距離を崩さなかったことだ。

言い返したい気持ちは大いにあったが、それよりも銀の中に入れたモノを動かしたくてたまらなくなった。佐倉が黙って腰を揺さぶり始めると、銀がかすかに呻《うめ》いて布団に突っ伏した。

繋がっている時は銀を思いのままにできているような気がして、少しだけ気分が上向く。本気で嫌なら銀はもっと抵抗するはずだ。

「…は、…はぁ…、は…っ」

ゆっくりと銀の内部を穿《うが》つと、銀の唇から艶《つや》めいた声が漏《も》れた。銀の感じている声はふだんと違い、色っぽくて頭に血が上る。無愛想《ぶあいそう》な声しか出さない男が、上擦《うわず》った甘ったるい声を漏らすからこちらもおかしくなるのだ。

「銀…、こっち向けよ」

銀の顎《あご》に手をかけ、繋がったまま無理やり後ろへ顔を向けさせ、キスをした。銀は厭《いと》うように首をねじり、佐倉を苛立たせる。おとがいや耳朶をしゃぶり、銀の口内へ指を入れた。

「ん…っ」

苦しそうに鼻を鳴らし、銀は佐倉の指を嚙んだ。甘嚙みとはいえないけっこうな強さで嚙まれたが、佐倉はそのまま指を抜かずに愛撫を続けた。

「う…っ、く、は…ぁ…っ」

耳の後ろや首筋を強く吸い、ゆるやかに腰を動かす。佐倉の指を嚙んでいた銀の力が弛み、突かれるたびに甘い吐息が漏れる。

「ふ…、ぅ…っ、は…ぁ…っ」

銀の口内に入れていた指が唾液《だえき》で濡《ぬ》れ始め、銀の腰ももどかしげに揺れる。指先で歯列を辿《たど》ると、銀は苦しげに佐倉の指を無理やり引き抜いた。

「は…っ、は…っ」

軽く腰を揺さぶると、銀が胸をひくつかせて乱れた息を発した。感じている銀の顔が見たい。どうして自分は後ろから繋がってしまったのだろうと後悔《こうかい》した。

「今日…正確に言えば昨日だけど、何度出した？」

唾液で濡れた指で、銀の性器をやわやわと揉《も》んだ。すでに勃起《ぼっき》している性器を愛しく思い、先端を手のひらで撫《な》で回した。とたんに銀の息が熱っぽくなり、シーツを乱す。

「前と後ろ…同時にやられると、たまらないんだろ？」

答えない銀に、内部を揺さぶりつつ性器を扱き上げた。

「あ…っ、ん…っ、んぅ…っ」

両方責められて銀の声が甲高《かんだか》く響《ひび》く。ひどく気持ち良さそうだったので、佐倉はさらに奥までぐっと性器を埋め込んだ。

「ひ…っ」

ぐりぐりと一番奥を性器で掻《か》き乱す。銀は身を仰《の》け反《ぞ》らせ、一瞬イきかけたのか四肢を突っぱねた。抱いている銀の身体がしっとりと汗ばみ、呼吸が乱れる。

「やめろ…そこ、深い…っ」

銀の性器から手を離し、両の尻たぶをひろげ、さらに奥に届くよう腰をねじ込んだ。銀の引き攣《つ》った声が上がり、嗜虐的《しぎゃくてき》な気分になる。

「やめ、ろ…っ、も…っ、あ、あ…っ」

逃げようとする銀の腰を抱え、音を立てて腰を突き上げた。呻いてシーツに頭をつける銀の腰だけを高く掲《かか》げさせ、内部をかき混ぜる。何度も中に入れられて弛んだ内部は、一番奥を突き上げられると激しく収縮した。銀はもう声を我慢することもできなくなったみたいで、引っ切り無しに喘《あえ》ぎ声を漏らしている。

「ひあ…っ、あ…っ、ひ…っ」

銀の甲高い声に興奮して、佐倉も腰の律動を速めた。痙攣《けいれん》したように銀の内股が震え、佐倉が腰を抱えていないと崩れてしまいそうだった。

「慣れてきたな…。どこ触っても気持ちいいだろ…?」

片方の手で乳首を弄ると、銀が切羽《せっぱ》詰まった息を吐く。銀の乳首は触られるのを待っていたみたいにつんと尖《とが》っていた。指先で摘《つま》むと、甘ったるい声がこぼれる。

「あ…っ、あ…っ、ん…っ」

きゅっ、きゅっと指先で引っ張り、弄《もてあそ》ぶ。銀は抱くたびに感度が良くなっていて、抱いているこっちも溺《おぼ》れそうだった。

「ひ…っ、ぁ…っ、んあ…っ」

軽く腰を突き上げると、乳首もびくりと揺れる。まだ余裕のあった佐倉は、銀の感じている場所を重点的に突き上げた。

「あ…っ、はぁ…っ、はぁ…っ、も…っ」

わざと角度を変えてぐちゃぐちゃに突き上げてみたり、弱い部分を激しくこすってみたりする。しだいに銀の声が濡れ始め、今にも達しそうなのが分かった。

「あー…っ、あー…っ、あー…っ」

切ない銀の声を聞いているうちに佐倉も引きずられて、奥へ奥へとねじ込むように腰を突き上げる。佐倉を銜《くわ》え込んだ銀の中がうねうねと動き、中で出したくなって、思わず佐倉は動きを止めた。

「はー…っ、はー…っ」

絶頂寸前だったのは銀も同じで、佐倉の動きが止まると同時に激しい呼吸を繰り返す。必死の思いでどうにか我慢すると、佐倉は慎重に入れていた性器を抜き取った。

「はぁ…っ、はぁ…っ、はぁ…っ」

ぎりぎりまで感度が高まっていた銀は、仰向《あおむ》けにさせると、煽情的《せんじょうてき》な顔をしていた。ごくりと唾《つば》を飲み込み、佐倉は折り重なって銀の尖《とが》った乳首を舐《な》め回した。

「ひ…っ、あ…っ、あ、うぅ…っ」

片方の乳首を舌で激しく転がし、もう片方は指でぐりぐりと擦り上げると、銀はそれだけで射精してしまいそうなほどびくんと大きく身体を震わせた。口の中で小さな粒《つぶ》を唾液で濡らしまくる。敏感になっている乳首は舌先で押しつぶすと、ぶるりと押し返し存在を主張した。

「も…っ、やめ…っ、ひ、あ、あ…っ」

上半身を反らし、銀が泣きそうな声を上げる。それだけで頭の芯《しん》が痺《しび》れて、つい乳首を少し強めに噛んでしまった。それでも銀の身体は快楽を拾い上げ、室内に響く声をこぼす。

「はぁ…、はぁ…」

佐倉は熱を帯びた顔で、今度は反対の乳首を唾液で濡らした。先ほどまで舌で嬲《なぶ》った乳首のほうは指先でゆるゆると摘み上げる。

「んく…っ、…ん…っ」

唇で乳首を引っ張り、舌で責め上げる。

「ひ…っ、は…っ」

銀はもう忘我《ぼうが》の状態で、苦しそうに息を吐き出すばかりだ。絶頂に達するほどではない快楽ばかり与え続けられて、苦しいのだろう。それでも無視して佐倉は乳首ばかり弄り続けた。

「ひゃ…っ、あ…っ、あ…っ」

わざと音を立てて乳首を吸うと、ひくんひくんと銀の身体が揺れ、もどかしげな喘ぎが続いた。快楽のあまり銀はぼうっとした顔をしている。ふだんの銀からは想像もできないいやらしい顔だ。佐倉は煽《あお》られて、こちらの乳首も歯を当てて銀に嬌声《きょうせい》を上げさせた。

「はぁ…っ、はぁ…っ」

乳首を弄っているうちに達してくれたら興奮すると思ったが、銀は乳首ではさすがに射精までは至らないらしい。口が疲れてきて佐倉はようやく弄りたおしていた乳首から顔を離すと、再び銀の足を抱えた。

ゆっくりと、勃起しているモノを熟《う》れている内部に埋め込んでいく。

半分ほど埋め込んだところで、急にぐっと奥まで熱を突き上げた。

「ひ…っ、あ、あ、あああ…ッ!!」

突き上げられた衝撃で、銀が悲鳴のような喘ぎを漏らして絶頂に達した。反り返った性器からもう薄くなった精液を吐き出し、びくびくと全身を痙攣させる。銜え込んだ佐倉を強烈なほど締めつけたおかげで、佐倉も我慢できなくなって一気に腰を引き抜いた。

「く…ぅ…っ」

どうにか間に合い、銀の腹辺りに精液を吐き出す。佐倉も何度も出したからほとんど量はない。

射精後の心地良さと脱力感が同時に起こり、佐倉は獣のような息を吐き出し銀に重なって倒れ込んだ。銀も呼吸を繰り返し、からからになった咽《のど》を手で押さえてぐったりと横たわる。

「はぁ…っ、はぁ…っ、は…っ」

肩で息をしながら、佐倉は銀の汗に濡れた髪をかき上げた。銀は佐倉と目が合うと、うるさそうに手を払いのけ、腕で顔を隠した。

「中でイけたな…」

銀が怒るのは承知で息を乱しながら佐倉が囁くと、案《あん》の定《じょう》背中を向けられてしまった。その背中に身を寄せ、肩甲骨《けんこうこつ》に唇をすべらせる。

「最高に興奮した…」

佐倉の囁きに銀は何も言わなかった。ただ黙って乱れた息を鎮《しず》めようとしている。背中から抱きしめ、佐倉はその肩口にキスを落とした。


仲間のもとに戻るという銀に、佐倉は反論しなかった。

佐倉の家を出た後、同じ獣人である梁井《やない》という男の屋敷で用事を済ませ、再び隠れ家へ戻るため銀の運転する大型バイクの後ろに乗った。銀の運転は少し強引で、後ろに乗せた相手のことをあまり気遣《きづか》ってない。多分それは後ろに乗っているのが佐倉だからだろうが、それにしてももう少しカーブの際には速度を弛めてほしい。

隠れ家である山荘に置いてきた銀の仲間は、あまり好きじゃない。銀と付き合いが長いせいか、洋二《ようじ》も未来《みらい》もまるで銀と分かりあっているような面《つら》をする。大体『仲間』なんて素《す》で言っている奴は初めて見た。佐倉には理解できない馴《な》れ合《あ》いだ。

「おい、佐倉。お前、あいつらのとこに戻ったら妙なことを口にするなよ」

途中のサービスエリアで軽い食事をとっている最中、銀が思い出したように顔を顰《しか》めて告げてきた。

「妙なことって何だ」

サービスエリアの蕎麦屋《そばや》で蕎麦を啜《すす》っていた佐倉は、眉《まゆ》を顰《ひそ》めて聞き返した。銀はこの寒いのにざる蕎麦を食べている。寒さに弱い佐倉は当然温かい蕎麦を注文した。器から昇る湯気《ゆげ》が食欲をそそる。

「俺を自分のもののように言うなと言っているんだ。特に未来はお前が変なことを言うたびにおかしくなるから困る。少しは気を遣え」

銀は自分こそまるで気を遣ってないくせに、他人には要求が厳しい。窓際で蕎麦を食べていた佐倉は、ムッとして銀を睨《にら》みつけた。

「お前がはっきり言わないから余計混乱してるんだろうが」

銀が問題にしているのは、仲間である未来というオタク青年のことだ。重たい前髪にメガネをかけたいかにもアキバ系の未来は、銀と佐倉が特別な仲だというのが気に食わない。こっちだって銀と親しげにする未来には腹が立つ。獣人と人間より、獣人同士のほうが深い部分で分かりあえるはずだ。銀は佐倉と身体の関係だってあるのだから、人間とは付き合いをやめるべきだと佐倉は思っている。

「はっきりって何をはっきり言うんだ」

ネギを蕎麦猪口《そばちょこ》に大量に入れながら銀が不思議そうな顔をする。

「何をって…、お前、俺とあのメガネとどっちが大事なんだよ」

聞き返す銀に苛立ち、馬鹿な質問をしてしまった。言って後悔《こうかい》した。

「どっちって、未来のほうが大事に決まってる」

考えるまでもない、とばかりに銀がはっきり告げたからだ。

セックスを拒否しなかった銀は、かなりの部分で佐倉に心を許していると思っていた。それなのに銀は平気で自分より人間のほうが大事だと言う。ショックを受けて固まって、佐倉は穴が開きそうなほど銀を見つめた。

銀は音を立てて蕎麦を啜り、平然としている。

「何で俺よりあいつのほうが大事なんだ⁉」

「何でって当たり前だろう。あいつらとはもう五年の付き合いだ。お前とはたかが数ヶ月、それにお前は獣人だ。大事なわけないだろう。少し前の俺ならぶっ殺していたぞ」

呆然《ぼうぜん》とする佐倉に呆れた顔をして銀は呟く。確かに最初に会った時から銀は獣人なら殺すと口走っていた。だがこれまで生死を共にしてきたのだし、死にそうな自分を助けてくれたりもした。おまけにあれだけ頑《かたく》なに獣化しないと言い張っていたのに、自分を助けるために変化してくれたのだ。てっきり愛情があると思っていた。銀は素直じゃない性格をしているから、口には出さないだけで、本心では自分を好いてくれていると思っていた。

「大体お前は自分勝手だし、性格も悪いし、人間を見下しているから好きになれない。それにどたん場で裏切りそうな不安もある。ぜんぜん大事に思える要素がないな」

昨夜はあれだけ腕の中で可愛い声で鳴いていたくせに、銀はこちらの胸をぐさぐさと突き刺すような言葉をぶつけてくる。

「俺は裏切らない」

腹を立てて抑えた声で言い返すと、銀はお茶を飲み、じろりと視線だけを向けてきた。

「俺が強いうちはな」

「そういう意味じゃない」

「佐倉。口では何とでも言える。俺はお前をまだ完全に信用したわけじゃない」

強情に言い張る佐倉に対して、銀は冷たい声で述べた。

「言ったろう？　あいつらとは五年付き合ってる。その間に大変なこともあったし、生死に関わる危険も潜《くぐ》り抜けてきた。だからこそ俺はあいつらは絶対に裏切らないと信じられるし、俺だってあいつらのために命をかけられると思える。でもお前は駄目《だめ》だ。そもそも最初からお前には裏切られてムカついていた。今は俺のために闘《たたか》うとか言っているが、いつ寝返ってもおかしくない要素がお前にはある。大体お前は卑怯《ひきょう》な手を使いすぎている。その中にはもちろん、俺の寝込みを襲うことも入ってるぞ。勝手にいつも俺の身体を使いやがって、お前には——」

「ストップ！　もういい！」

長々と続く自分への文句を急いで止めて、佐倉は頭を抱えて眉間《みけん》にしわを寄せた。

銀に信頼されていないのはよく分かった。佐倉としてはいつもの通り振る舞っただけで特別裏切ったつもりも、卑怯な手を使った気もなかった。そんなに自分は嫌な奴だったのだろうかと頭を悩ませ、佐倉は唸り声を上げた。

時々銀は、佐倉を友達がいない奴と言っていたぶる。

まったくその通りだ。

親しい友人などいない。だがそれが何だというのだ。

獣人には友達など必要ないと思っている。それが人間なら心底分かりあえる日などくるはずがないし、同じ獣人ならどちらがより強いかということが気になって心を開けるはずもない。結局どのみち親しい相手などできるはずがないのだ。

銀に対してだけ心を開けたのは、たぶん銀が身体を許してくれたからだろう。自分より強い相手を犯すことで心のバランスが保てたからだ。もし反対に自分が女役だったら、銀に対して心を開けたかどうか自信がない。弱いくせにプライドだけは高い。佐倉は自分でもその点を分かっている。

「……そんなに傷つくことだったのか？」

しばらくへこんでいると、銀が食事を終え、目を丸くして尋ねてきた。佐倉はすっかり食欲も失せ、頭を抱えてうなだれている。

「放っておいてくれ」

「お前、案外可愛《かわい》いところもあるな」

笑いを含んだ声で言われ、つい顔を上げると、銀が珍《めずら》しく笑顔で自分を見ていた。きれいな顔をしているが血の通わない人形みたいな銀は、笑うと少し幼くて可愛い顔になる。お前の顔のほうがよっぽど可愛い。そう言ってやりたかったが、言うときっと殴られるので黙っておいた。銀は情け容赦なく拳で殴るので、なるべくなら避けておきたい。

「あいつらが大事なのは分かった。俺は三番目で我慢しなきゃならないのか…」

気を取り直して食事を続けると、置いてあるポットからお茶のお代わりを淹《い》れ、銀がすげなく言った。

「何が三番目だ。多分十番目くらいだ」

「十番目⁉　俺の前に誰がいるのか名前を挙げてみろよ！」

「ガキか、お前。くだらないことばかり言うな」

銀は呆《あき》れた顔をして七味を佐倉の器の中に勝手に入れる。佐倉は基本的に辛《から》い料理は好きではないので蕎麦に七味は入れない。勝手な振る舞いをする銀に怒り、目を吊《つ》り上げた。

「勝手に入れるなよ！」

「お前が寒がりだから入れてやったんだ。辛いものでも食って、少しは身体の中から温めろ。早く食べ終わらないと、火を噴《ふ》くほど入れてやるぞ」

佐倉が怒るのが面白いのか、銀は笑って七味の入ったビンを揺らしている。子どもみたいな真似《まね》をする銀に苛立ったが、早く食べ終わらないと本当にたくさん入れてきそうなので、無言で蕎麦を啜った。いつもより辛い。

「どっちがガキだよ」

ふてくされた声で文句を言うと、銀はおかしそうに肩を揺らした。


一時隠れ住んでいた山荘に戻ると、あちこちに雪が残っていた。泥《どろ》にまみれて美しさを失った雪の塊《かたまり》は、道の脇に除《の》けられ溶けるのを待っている。前に一度勝手に出て行って戻ってきた時は何も思わなかったのだが、今回はやけに未来と洋二の顔を見るのが億劫《おっくう》になっていた。顔を合わせづらいというか、今まで感じたことのない気鬱《きうつ》を味わっている。

「お帰り、銀。佐倉さん」

バイクから降りると、音を聞きつけて表に洋二が出てきた。水色のエプロンをつけた角刈《かくが》りの中年の男に軽く会釈《えしゃく》し、佐倉は手袋を外した。

「あ。佐倉さん、帰ってきたんだ。別に待ってなかったけどね」

続けて門から顔を出したのは、未来だった。佐倉を見る目には敵対心があるものの、本気で拒否しているわけではないという証拠に、中に入るとコーヒーを淹れてくれた。こういうのはいつも洋二の役なので珍しかった。

「淹れてくれるのは嬉《うれ》しいが、ちゃんと手を洗ったんだろうな？　お前のチップスまみれの油っぽい手で触るとカップが汚れる」

素直にありがとうと言う気になれなくて、佐倉は目の前に置かれたマグカップを眺《なが》めて問いかけた。

「洗うわけないじゃん。何で俺が佐倉さんにそこまで気を遣わなきゃなんないのさ」

引き攣った笑みを浮かべ、未来が向かいの椅子《いす》に腰を下す。十人ほどが食事をできる大きなテーブルに置かれた籠《かご》の中には小麦色をしたパンが積まれていた。

「礼儀だろ、礼儀。マジで洗ってないのか？　銀、お前は気にならないのか？」

隣に腰を下した銀は、未来の淹れてくれたコーヒーを美味《うま》そうに飲んでいる。佐倉の顰め面に不思議そうな顔をして頬杖《ほおづえ》をついた。

「別に。お前、けっこう神経質だな。雑魚寝《ざこね》もできないし」

銀はあまりそういったことに関心がないのか佐倉に賛同してくれない。唯一《ゆいいつ》賛同してくれそうな洋二は、未来に関しては諦めている節がある。

「俺は神経質ってほどじゃない。お前らがおかしいんだ…」

口に出したら猛烈に気になり、マグカップをぐるりと回し汚れていないか確かめた。許容範囲だったので、とりあえず飲むことにした。

「佐倉さんが帰ってきたし、今夜はピザでも焼こうか。せっかく窯《かま》があるんだし」

機嫌の良い声で洋二が告げ、銀は一つ大きなあくびをした。

「じゃあ夕食の時間までもう少し寝る。バイクを長時間運転したんで疲れた」

銀が飲み終えたマグカップをキッチンに運び、二階の寝室へと消えていった。昨夜は無理をさせすぎたので、まだ身体が本調子じゃないのだろう。

階段を上っていく銀を目で追いかけていると、急に殺気を感じて顔を戻した。目の前に座っている未来が目を吊り上げてこちらを睨んでいる。昨夜佐倉と銀の間に何があったか察したのだろう。つい優越感を覚えて、ふふんと笑い返してしまった。

「おい、いい気になるなよ。銀は誰のものでもないんだからな」

未来にじっとりと睨みつけられ、佐倉は頬杖をついた。

「童貞《どうてい》が偉そうにいちゃもんをつけるな」

「なーっ！」

佐倉の言葉に動揺を隠しきれず未来が叫び声を上げる。その顔は真っ赤で、ずり落ちたメガネを慌ててかけなおした。

「お、俺が童貞って何で分かった⁉」

「見りゃ分かんだろが…」

未来の姿のどこをとっても垢抜《あかぬ》けないし、なじんだ相手としか目を合わせないし、誰とでもコミュニケーションをとれる人物には見えない。不細工《ぶさいく》というつもりはないが、重たい前髪は女性から確実に敬遠される。

「そ、そういったことは人間性とはまったく関係がない！　えーえー、童貞ですが何か？　俺の嫁は二次元に住んでますから。あんたみたいなイケメンには一生追いつけないくらいの妄想《もうそう》力《りょく》持ってますし。大体日本を支えているのは俺たちオタク」

「未来、落ち着いて」

早口でまくしたてる未来に、洋二が慌てて肩を優しく叩《たた》く。途中から何を言っているか分からなかったが、未来の痛い点をついたのは確かだ。

「洋二は悔しくないのかよ！　こんな突然現れたイケメンに銀をとられて！　こ、こいつは銀を…銀を…うわあああああ」

叫びながら想像してしまったのか、未来が大げさにのた打ち回る。オタクのノリにはついていけない。本当に何故《なぜ》こいつらより自分が下なのか理解できない。

嘆《なげ》く未来にどれだけ銀が艶《つや》っぽいか聞かせてやりたいところだが、そんな馬鹿な真似はしない。それを聞いた未来が銀に本気でアタックしたら困るからだ。今でさえ未来たちを特別に思っている銀のことだ。迫られて抵抗できるとは思えない。自分に対して拒否しなかったように、未来や洋二も受け入れるかもしれない。

「銀みたいにまっさらな奴を穢《けが》せるなんて、悪魔だよ…。俺は絶対認めたくない。好きなアイドルが処女じゃなかったくらいショックだ。それ以上に銀が俺たちよりこんなぽっと出の男を選ぶなんて信じたくない…」

テーブルに突っ伏した未来が、呪詛《じゅそ》のようにぶつぶつと呻いている。洋二は困った顔で笑い、未来の前にポテトチップスの袋を置いた。

今時アイドルの処女性なんて口にする男がいるほうが信じられない。銀の周囲にいる人間は変わり者が多い。

「おいメガネ」

がっくりとうなだれている未来に、仕方なく佐倉は声をかけた。

こんな奴がどうなろうと佐倉はどうでもいいと思っているが、あまり敵対して銀にこれ以上信頼されないのも困る。銀が言っていたように、信頼が一日や二日で培《つちか》われるものではないことくらい佐倉だって分かっていた。ふだんの行いが大事だということも。

「安心しろよ、銀は俺よりお前らのほうが大事だと言っていた」

そっけない声で告げると、がばりと未来が顔を上げた。

レンズの奥の瞳がきらきら輝いている。

「銀が？　そんなこと言ってたの？」

佐倉の言葉に身を乗り出し、未来が声をはずませる。傍に立っていた洋二も興味深げに目を向けてきた。

「ああ、むかつくがそう言ってた。別に俺を選んだわけじゃない。俺が一方的に迫っているだけだ」

言わずにすまそうと思っていたのに、未来の目を見たら素直に教えてしまった。思ったとおり未来は急に生気を取り戻し、目の前に置かれたポテトチップスを開けて食べ始めた。辺りに香ばしい匂いが充満し、佐倉は苦笑した。

「やっぱりね、そうだと思ったよ。銀は俺たちを特別に思ってるからな。佐倉さんだってそこには入ってこれないってことだね」

「今はな」

調子に乗ってぱりぱりと音を立ててチップスを頬張る未来に、釘《くぎ》を刺しておいた。一瞬だけ未来は手を止めたが、すぐに気を取り直したようにチップスを口の中に放り込む。

「むぐむぐ、よかったな、洋二」

未来はすっかり機嫌がよくなり、洋二と共に喜びを分かち合っている。呆れて佐倉が見ていると、未来はチップスの袋の口を一旦閉じて、袋の上から拳でチップスを叩き割り、それを口にざらざらと流し込んだ。強烈な食べ方をするオタクだ。

「そうだな。じゃあピザを焼く準備でもするかな。佐倉さん、手伝ってくれ。薪割《まきわ》りしてもらいたい」

場が和《なご》んだところで洋二が提案し、仕方なく佐倉も手伝うことにした。薪割りなどしたことがなく、買ってくるんじゃ駄目なのかと問いかけてみたが、買った薪が太すぎるからさらに半分にしてほしいと頼まれた。

庭で洋二に手ほどきを受けながら、薪を斧《おの》で割っていった。自分がやるより洋二がやるほうが上手く、途中で何度か投げ出しそうになる。それでも徐々にコツがつかめて垂直に斧を振り下ろせるようになった。

「さすが上手い、上手い。未来じゃこうはいかないよ。じゃ、佐倉さん。薪割りは佐倉さんの仕事にするから」

洋二は佐倉が要領を呑《の》み込めたのを確認して、笑顔で去っていった。

疲れるが無心になれて薪割りはそれなりに楽しかった。もしかしたら洋二は佐倉に役目を作ることで居場所を確保させようとしているのかもしれない。埒《らち》もないことを考え、割った薪を運んだ。

辺りに夜の帳《とばり》が下りた頃、佐倉は二階の銀の寝室に顔を出した。洋二の作ったピザが焼け、そろそろ眠りから覚めてもらわねばならない。

「銀」

ドアをノックし、部屋に入ると、銀は穏やかな顔で眠っていた。毛布を深くかぶり、胎児《たいじ》みたいに身体を丸めて眠っている。無言で佐倉は近づき、ベッドの端《はし》に腰を下した。

眠っている銀の顔をじっと見つめる。

起きている時は常に殺伐《さつばつ》とした空気をまとう銀だが、寝ている時は無防備な顔をさらしている。いつも寄せられている眉もなめらかな曲線を描き、ふっくらした唇もあどけない。

そっと指で唇を辿ると、かすかに銀が身じろいだ。

「銀、そろそろ起きろよ」

寝ている銀を襲っていると思われたらたまらないので、軽く肩を揺さぶって囁いた。

銀は低く唸り、薄く目を開けて、また閉じる。

「起きないとキスするぞ」

身を屈めて耳元で囁くと、銀が小さく笑った。

次には室内に響くような音で頬を張られる。

「痛ぇな！」

痛みに身体を仰け反らせると、はっきり覚醒《かくせい》した銀が冷たい目で見つめていた。

「くだらないことを言うからだ。色ぼけするなって言ってるだろ」

眠りから目覚めてもまだ眠り足りないのか、銀は横になったまま身を起こさない。それどころか顔をシーツに擦りつけ、腕で目元を覆《おお》ってしまう。赤くなった頬をさすり、佐倉はベッドから立ち上がった。

「ピザ焼けたぞ、早く起きろ」

「んー…」

銀は唸り声を上げ、生返事だ。

「銀、お前がこないと食べられない」

「……佐倉」

毛布の上から背中を揺さぶると、不機嫌そうな声で名前を呼ばれた。

「何だ」

「未来と喧嘩《けんか》しなかったか？」

枕に顔を埋めて話すので、銀の声はくぐもっている。寝起きで仲間との軋轢《あつれき》がないか心配している銀は憎たらしかった。

「生意気《なまいき》な口をきくから喧嘩になって、軽く肋骨《ろっこつ》を折っといた」

わざと佐倉がうそぶいてみせると、がばりと銀が眉間にしわを寄せて起き上がった。その目が本気で怒っている。

「冗談だ。ちゃんと仲良くお話したぜ」

「……佐倉」

寝乱れた髪をかき上げ、銀がのそのそとベッドから離れる。

「本当に何もしてないだろうな？」

やっと階下に下りる気になってくれた銀は、大きくのびをして佐倉を見据《みす》える。

「してない」

「ふーん？」

「……銀」

歩き出し、ドアに手をかける銀に、佐倉は声をかけた。何だ、というように銀が振り返って佐倉を見つめる。

ずっと前から聞いておきたいことがあった。何故、あの時銀は自分を助けたのだろう。

「何でお前、俺が忍《しのぶ》に殺されそうになった時に、見捨てて逃げなかったんだ？」

忍という凶悪な獣人とバトルになった時、銀は佐倉を助けるために獣になった。それまで絶対に獣人にはならないと言い張っていた銀が。

見返りもなく助けられたのはあれが初めてで、どうもあの瞬間に自分の中でスイッチが入ってしまった気がする。

「忍にむかついたからだ。お前はどうもそのことにこだわっているようだが、俺は別にお前に対して特別な感情があって助けたわけじゃないぞ。成り行きだろ、あれは。頭に血が上って忍を倒したいと思っただけだ」

銀は困った表情で淡々《たんたん》と告げる。

「そうだとしても、今こうして俺と共にいる理由は？　ブラックビーストと組めるなら俺はそれほど価値はないだろ」

焦《じ》れた様子で佐倉がなおも聞き返すと、銀がドアを開けて考え込んだ。

ふっとその表情が弛み、何かを思い出したみたいに唇の端が吊り上がった。

「放っておけなかったからだろ、お前を」

目を細めて笑われ、佐倉はどきりとして立ち尽くした。銀は馬鹿なことを聞くなと言いたげに、笑いながら部屋を出て行く。銀は信頼していないと言うが、喧嘩して母の家に籠《こも》った自分を迎えに来てくれてからの銀は明らかに笑顔が増えた。自分に対して笑いかけるようになった。本人は気づいてないかもしれないが、かなりの確率で心を許し始めている証拠だ。

「早く来い、ピザが冷める」

廊下から銀の声がかかり、佐倉は髪をぐしゃりとかき混ぜ、足を踏み出した。

END

6周年
おめでとう
ございます。
夜光花
銀
円

YOU TAKAHASHI Presents

✦ 高橋 悠ラフ画特集 ✦

銀月夜

銀
こってり！

佐倉
こっちの方がイメージかな…（?）
こっち向け

未来
このくらい体格は、
ムキムキでも
いいのかな…？
洋二
アゴひげを
生やしてもOK
ですか？
（相棒と体格や
様子が似
そうなので…）

須王
やさしくない時
忍
蓮
相模

「末端冷え症のたわむれ」
高橋悠
そろ〜〜
冷や〜〜
冷や〜
……
ポ
ぴとっ
ひやっ!!??
冷や〜〜っ
〜♪
ユラユラ
くるっ
ひょーーっ!!?
冷や〜〜
ぐり
ぐり
また獣人皆殺し派に戻ってもいいんだがな
ごっごめんなさいっ!!!
おわり

「着がえ(例えば)」
高橋悠
ザッ
ザザッ
くそっ つい獣化してしまったが
真っ裸《ぱだか》になってしまうとは困ったことだな……
何か着る物はないか……
……
……
何も言われないとかえって辛いこともあるんだな……
単に着る物に興味がない人。

おわり

「断るとか
断わらないの
前にいッ」
高橋悠
どうして
おまえは
うしろからばかり
襲うんだ？
寝込みとか
そんなの真正面から
行ったら殺すだろ!!?
ああ
仕留める
さらっと
言われた…
ギリギリ
一撃だな
おわり

「至高の食べ物《メニュー》」
～3組が対面したら～
高橋悠
光陽がいちばん美味しい!!
えっ!?
いや!巴の方が美味しい!!
えぇ!?
何言ってる!!
銀の方が美味しいに決まってるだろ!!!
ジャーン
ムス～
……
ぐわっ!!!
ガッ
バカか!そういう美味しいじゃない!!
いやミ銀ミある意味違ってないからミ
かー

おわり

Lovers Label

ラブ♥コレ 6th anniversary

ラヴァーズ文庫をお買い上げいただきありがとうございます。
この作品を読んでのご意見・ご感想をお聞かせください。
あて先は下記の通りです。

〒102-0072
東京都千代田区飯田橋2-7-3
(株)竹書房　第五編集部
バーバラ片桐、奈良千春、沙野風結子、小山田あみ、夜光花、高橋 悠 各先生係

2010年6月1日
初版第1刷発行

●著　者

●発行者　牧村康正
●発行所　株式会社　竹書房
〒102-0072
東京都千代田区飯田橋2-7-3
電話　03(3264)1576(代表)
　　　03(3234)6245(編集部)
振替　00170-2-179210
●ホームページ
http://www.takeshobo.co.jp

●印刷所　株式会社テンプリント
●本文デザイン　Creative·Sano·Japan

落丁・乱丁の場合は当社にてお取りかえいたします。
定価はカバーに表示してあります。
Printed in Japan

ISBN 978-4-8124-4195-4　C 0193

ラヴァーズ文庫
Lovers Label
愛憎連鎖《あいぞうれんさ》
飴《あに》と鞭《おとうと》——……。
「可愛い君には俺たちが必要だよ」
著 バーバラ片桐《かたぎり》
画 奈良千春《ならちはる》
「どうして…こんなことに……」。
警視庁に勤務する刑事の伊島亮輔《いとうりょうすけ》は、
父親の遺産である廃病院に、先輩の野内健一《のうちけんいち》と同居している。
精悍で男らしい健一には、知性的で美しい医学生の弟・修次《しゅうじ》がいて、
頻繁に兄のもとへ来ては、ふたりして部屋に籠り、長い時間出て来なかった。
美しい兄弟から漂う秘密めいた雰囲気の正体を、知りたくても聞けない……。
そんな好奇心が、ふたりの秘密に触れた時、優しく美しかった兄弟が豹変する。
誰よりも信頼しているはずの兄弟に
監禁された亮輔は、ふたりの手で陵辱を施され…。
好評発売中!!

ラヴァーズ文庫
Lovers Label
タンデム
～狂犬《きょうけん》と野獣《やじゅう》～
TANDEM
公安の優秀な犬を躾け直してやろう
警視庁公安部において、特上の容姿とS気質の
凶暴な性格をそなえる靫真通《ゆぎまさみち》は、
「公安の綺麗すぎる狂犬」と称されている。
目下のミッションは、あるカルト教団のテロを阻止することだ。
靫は、教団とつながるやくざの峯上周《ほうじょうあまね》を取り込み、
公安に情報を流す協力者に仕立てようと目論む。
しかし峯上は仲間内でも野獣扱いされる男で、
靫に三十分間無抵抗でいることを条件に出してきた。
その三十分間で容赦なく身体の内部までいたぶられ、
靫は完全に支配権を握られてしまうが……。
狂犬を服従させるか、野獣を懐柔するか。
タイトロープな駆け引きがぶつかり合う!
著 沙野風結子《さのふゆこ》
画 小山田《おやまだ》あみ
好評発売中!!

ラヴァーズ文庫
Lovers Label
銀月夜《ぎんづきよ》
憎しみでしか生きていけない。
それ以外の道を探せない――……。
「俺はあんたを手の内に引きずり込む。あんたがどんなに嫌がろうとな」。
ある組織に両親を殺され、恨みを持っている銀颯人《しろがねはやと》のもとに、
ひとりの男が現れる。
その男・佐倉遼《さくらりょう》は、銀と同じく組織を恨んでおり、皆殺しにするためなら
手段を選ばない、残酷な計画を銀に持ちかけてきた。
目的は同じでも、汚い手段を受け入れない銀を、
佐倉は強引に陵辱し、銀の中に潜《ひそ》む『黒い本能』を揺さぶってくるが…。
望まないのに、必然的に重なってしまう、ふたりの軋《きし》む運命は――…。
好評発売中!!
著 夜光花《やこうはな》
画 高橋悠《たかはしゆう》

お手数ですが
切手をおはり
下さい。

郵便はがき

1 0 2-0 0 7 2

東京都千代田区飯田橋2－7－3

㈱竹書房　ラヴァーズ文庫

ラブ♥コレ～6th anniversary～

愛読者係行

アンケートの〆切日は2010年11月30日当日消印有効、発表は発送をもってかえさせていただきます。

A	芳名《フリガナ》	B 年齢　　歳	C 男・女
D	血液型	E	ご住所 〒

F	1	2	3	4	5	6	7	8	9	10	11	12
ご職業	小学生	中学生	高校生	大学生　短大生	各種学校	会社員	公務員	自由業	自営業	主婦	アルバイト	その他（　）

G	ご購入書店　区（東京）市・町・村　書店CVC	H	購入日　月　日

※いただいた御感想は今後、「ラヴァーズ文庫」の企画の参考にさせていただきます。
なお、御本人の了承を得ずに個人情報を第三者に提供することはございません。

ラブ♥コレ～6th anniversary～

ラヴァーズ文庫をご購読いただきありがとうございます。このカードは永く保存し、今後の出版の案内、また編集の資料として役立たせていただきますので、下記の質問にお答えください。また、お答え頂いた中から抽選で、当誌オリジナル図書カードをプレゼント致します。

I
●この本を最初に何でお知りになりましたか
1 新聞広告（　　　　　　　　新聞）　2 雑誌広告（誌名　　　　　　　　）
3 新聞・雑誌の紹介記事を読んで　（紙名・誌名　　　　　　　　）
4 TV・ラジオで　5 ポスター・チラシを見て
6 書店で実物を見て　7 書店ですすめられて
8 誰か（　　　）にすすめられて　9 その他（　　　　　　　　）

J
●面白かったものは？
1. 光と闇
2. 奈良千春ラフ画特集
3. 黒い傘
4. 小山田あみラフ画特集
5. 帰る場所
6. 高橋 悠ラフ画特集

K
●内容・装幀に比べてこの価格は？
1 高い　2 適当　3 安い

L
●表紙のデザイン・装幀について
1 好き　2 きらい　3 わからない

M
●好きな小説家・イラストレーターは？

N
●本書のご感想をお書きください。